AF284111

Erasmus von Rotterdam
Das Lob der Torheit

Erasmus von Rotterdam
Das Lob der Torheit

1.Aufl.
Taschenbuch – Literatur - Klassiker
Herausgeber Frank Weber, Marburg
Bibliografische Information der Deutschen Nationalbibliothek:
Die Deutsche Nationalbibliothek verzeichnet diese Publikation in der Deutschen
Nationalbibliografie; detaillierte bibliografische Daten sind im Internet abrufbar über
http://dnb.dnb.de
© 2020 Erasmus von Rotterdam
ISBN: 9783752604436
Herstellung und Verlag: BoD – Books on Demand, Norderstedt

Das Lob der Torheit

Eine Stilübung des Erasmus von Rotterdam
Die Torheit tritt auf und spricht:

Mögen die Menschen in aller Welt von mir sagen, was sie wollen – weiß ich doch, wie übel von der Torheit auch die ärgsten Toren reden –, es bleibt dabei: mir, ja mir allein und meiner Kraft haben es Götter und Menschen zu danken, wenn sie heiter und frohgemut sind. Das beweist ihr selber schon zur Genüge; denn sowie ich vor eure große Gemeinde trat, ging augenblicklich über jedes Gesicht ein ganz ungewöhnlicher, überraschender Schein, munter schnellten die Köpfe empor, und ein so ungehemmtes helles Gelächter schallte mir entgegen, daß mich wahrhaftig deucht, es sei euch allen, die ich von nah und fern versammelt sehe, homerischer Götterwein, gewürzt mit Vergißdasleid, zu Kopfe gestiegen, und saßet doch vorher so bedrückt und verängstigt da, als kämet ihr eben aus des Trophonius Höhle. Aber, wie es allemal der Welt im Frühling geht – sobald die Sonne ihr schönes goldenes Antlitz der Erde wieder enthüllt oder nach dem bösen Winter der neue Lenz mit schmeichelndem Zephyr die Fluren fächelt, steht über Nacht die ganze Natur in neuem Gewande, in neuen Farben, in neuer Jugend da –, so hat sich im Nu, sobald ich mich blicken ließ, euer ganzes Wesen verwandelt, und was gewiegte Redner mit einer langen und wohlstudierten Ansprache kaum zustande bringen – ich meine, die schlimmen Sorgen verscheuchen –, ist mir mit dem ersten Schritt vor euch hin gelungen.

Warum ich aber heute in dieser ungewöhnlichen Tracht auftrete, sollt ihr sofort vernehmen, falls ihr geruht, mir euer Ohr zu leihen – aber bitte nicht das, womit ihr euch einen frommen Prediger anhört, sondern das andere, das ihr so munter spitzt, sobald ein Marktschreier, ein Hanswurst oder ein Narr in der Schellenkappe seine Witze reißt. Es kam mich nämlich die Lust an, vor euch für ein Stündchen den Sophisten zu spielen – nicht einen von den modernen, die auf den hohen Schulen die Gelbschnäbel mit verzwicktem Unsinn stopfen und zu mehr als weibermäßiger Ausdauer im Zanken abrichten – behüte! Ich halte mich an das Beispiel jener Alten, die von dem anrüchigen Titel »der Weise« nichts wissen wollen und sich bescheiden nur Freunde der Weisheit, Sophisten, nannten. Und da sie nichts lieber taten, als auf Götter und Helden Lobreden halten, so werdet auch ihr eine Lobrede hören; nur gilt sie nicht Herkules und nicht Solon, sondern mir selbst, der Torheit. Ich pfeife nämlich auf jene Weisen, die es gleich bodenlose Dummheit und Unverschämtheit heißen, sobald sich einer selbst lobt. Sei es so dumm, wie sie wollten – wenn sie nur einräumen, es stehe mir gut. Was stimmte nun schöner zusammen, als wenn die Torheit selbst ihren Ruhm ausposaunt und selbst ihr Loblied singt? Denn wer vermöchte mich besser zu geben als ich mich selbst? Der müßte mich schon genauer kennen als ich. Ohnehin will mir das viel passender vorkommen, als was die vornehmen und weisen Herren insgemein tun. Die pflegen in einer Art Scham, die das Gegenteil ist, sich einen katzbuckelnden Redekünstler oder phrasendreschenden Poeten zu bestellen und zahlen ihm Honorar, um aus seinem Munde ihr Lob sich anzuhören, will heißen, eine Lüge dicker als die andere; dabei spreizt sich unser schamhafter Mann wie ein Pfau, und mächtig schwillt ihm der Kamm, wenn der ausgeschämte Lobhudler ihn, den Wicht, einem Gott vergleicht, wenn er ihn preist als vollendetes Muster einer jeden Tugend – himmelweit weiß sich jener selbst davon entfernt –, wenn er die Krähe mit fremden Federn aufputzt, den Mohren weißwäscht, aus einer Mücke einen Elefanten macht. Und schließlich: ich halte es mit dem Sprichwort, das da sagt:»Lobe dich ruhig selbst, wenn es kein anderer für dich tun will.« Freilich muß ich dabei sagen, daß die Undankbarkeit – oder ist es Faulheit? der Menschen mich befremdet. Denn alle machen mir eifrig den Hof und sonnen sich gern in meiner Gnade, aber unter so vielen Generationen ist nicht einer gewesen, der mit dankbaren Worten der Torheit ein Kränzchen gewunden hätte. Dagegen ein Busiris, ein Phalaris, das Fieber, die Mücken, der Haarschwund und dergleichen Plagen fanden genug Leute, die sich das Öl und den Schlaf nicht reuen ließen, bis die Lobrede feingedrechselt neben der ausgebrannten Lampe lag.

Was ihr von mir zu hören bekommt, ist allerdings bloß eine richtige Stegreifrede, kunstlos, doch ehrlich. Und meint mir nicht, das sei nach Rednermanier gelogen, nur um mein Genie recht leuchten zu lassen. Ihr kennt das ja: rückt einer auf mit einer Rede, über der er dreißig Jahre gebrütet hat – oft ist sie auch gestohlen –, so schwört er euch, er habe sie in drei Tagen wie spielend hingeschrieben oder gar diktiert. O nein – ich liebte es von jeher, alles zu sagen, was mir Dummes just auf die Zunge kommt. Nur erwartet nicht, daß ich mich nach der Schablone der gewöhnlichen Redner definiere oder gar disponiere.

Ein übler Anfang wäre beides; denn eine Kraft, die in der ganzen Welt wirkt, läßt sich in keine Formel bannen, und eine Gottheit zerstückelt man nicht, zu deren Verehrung sich alle Kreatur zusammenfindet. Was sollte auch eine Definition? Sie würde euch nur einen Umriß, ein blutleeres Schattenbild zeigen, und habt mich doch da in aller Leibhaftigkeit vor euern Augen und seht in eigener Person die wahre Geberin aller Gaben, das Wesen, das jedes Volk in seiner Sprache die Torheit heißt.

Doch wozu das noch sagen? Auf meinem Gesicht steht deutlich genug zu lesen, wer ich bin; und sollte einer behaupten, ich sei Minerva oder die weise Sophia, so lehrt ein Blick in meine Augen, daß er lügt, selbst wenn mir die Sprache fehlte, der ehrlichste Spiegel der Seele. Von Schminke weiß ich nichts, nichts spricht mein Mund, als was ich denke, und vom Scheitel bis zur Sohle bin ich echt. Drum können auch die mich nicht verleugnen, die mit Bedacht sich von der Weisheit Maske und Titel borgen und darin stolzieren wie der Affe im Purpur und der Esel in der Löwenhaut: trotz aller Verstellung gucken irgendwo die Eselsohren heraus. Eine undankbare Gesellschaft! Wenn irgendjemand, so gehören sie zu meiner Fahne; sie aber schämen sich vor den Leuten meines Namens und werfen ihn allerorts dem an den Kopf, den sie beschimpfen wollen. Da sie nun faktisch Idioten sind, sich aber als Philosophen aufspielen, dürften wir sie nicht Idiotosophen taufen? Ich gedenke es nämlich auch in den Fremdwörtern den modernen Stilisten gleichzutun, denen es ein himmlisches Vergnügen macht, wie ein Blutegel zwei Zungen zu weisen, und die ein Meisterwerk zu vollbringen meinen, wenn sie in ihr Latein alle Augenblicke eine griechische Vokabel wie einen bunten Stickfaden einflechten, auch wo sie nicht hinpaßt; und fehlt ihnen ein Fremdwort, so graben sie aus schimmligen Folianten ein paar veraltete Wörter aus und hoffen, damit dem Leser etwas vorzumachen: wer sie versteht, soll sich nur ungeniert etwas einbilden, und wer sie nicht versteht, soll um so besser vom Schreiber denken, je schlechter er ihn versteht; ist es doch eine besondere Liebhaberei meiner Leute, vor dem Fremdesten sich am tiefsten zu verbeugen. Wer mehr auf sich hält, muß zumindest verständnisvoll nicken und klatschen und wie der Esel mit den Ohren wackeln, damit man meint, er sei durchaus auf der Höhe. Doch lassen wir das – zurück zum Thema!

Meinen Namen also wüßtet ihr, meine – ja, wie soll ich euch titulieren? Sagen wir einfach Meistertoren; denn hätte eine höhere Weihe Göttin Torheit an ihre Bekenner zu vergeben? Aber weil nicht eben viele von meiner Herkunft etwas wissen, so versuche ich nun, davon zu erzählen – die Musen seien mir gnädig.

Mein Vater ist nicht das Chaos, nicht der Orkus, nicht Saturn, nicht Iapetus oder ein anderer abgedankter und vermoderter Gott, sondern Plutos, der Reichtum in Person. Er ist, trotz Hesiod und Homer und auch trotz Jupiter selbst, allein der Menschen und Götter Vater; ein Wink seiner Brauen genügt, um jetzt wie ehedem die ganze Welt mit allem, was heilig und unheilig darinnen ist, auf den Kopf zu stellen; sein Wille beherrscht den Krieg, den Frieden, Armeen, Räte, Gerichte, Versammlungen, Heiraten, Verträge, Bündnisse, Gesetze, Künste, Kurzweil, Arbeit – der Atem geht mir aus –, kurz alles, was die Menschen im Staat und im Hause beschäftigt; ohne ihn wäre das ganze Völklein der Götter von Dichters Gnaden, ja, offen gesagt, wären auch die Gottheiten erster Klasse überhaupt nicht am Leben oder könnten daheim sitzen und sehen, woher sie etwas Warmes kriegen; wer schlecht mit ihm steht, dem vermag auch Pallas nicht zu helfen, wer gut, darf ruhig Jupiter samt seinen Blitzen eine lange Nase machen. »Dessen Tochter zu sein, darf ich mich rühmen.« Und zwar schuf er mich nicht aus seinem Gehirn wie Jupiter die finstere, mürrische Pallas; nein, mit Neotes zeugte er mich, mit der leibhaftigen Jugend, der anmutigsten, schalkhaftesten Nymphe, und er tat es auch nicht in der Fron der öden Ehe wie der Vater jenes hinkenden Schmiedes – nein, er hatte sich ihr, was viel schöner, »in Liebe gesellet«, um mit Freund Homer zu reden.

Mein Vater war aber damals nicht etwa der Greis, den ihr aus Aristophanes kennt, der stockblinde Mümmel; ein frischer Jüngling war er, in dem »warm die Jugend pulste«, und außer der Jugend noch mehr der Nektar, den er just damals beim Göttergelage in größerer Fülle und Stärke sich heruntergegossen hatte.

Fragt ihr nach der Stätte meiner Geburt (man meint ja heutzutage, wie vornehm einer sei, komme vor allem darauf an, wo der Säugling den ersten Schrei tat): ich bin geboren nicht auf dem schwimmenden Delos, nicht aus dem Schaume des Meeres, nicht in gewölbter Grotte, nein, mitten auf den Inseln der Seligen, wo niemand sät und niemand pflügt und von selbst alles sprießt. Nicht Mühsal kennt man dort, nicht Alter, nicht Krankheit; nirgends auf den Fluren sieht man Knoblauch, Malven, Zwiebeln, Erbsen, Bohnen und dergleichen gemeines Gemüse, wohl aber umschmeichelt auf Schritt und Tritt der herrlichste Flor euch Augen und Nase: das Wunderblümchen Moly, das Allheilkraut Panacee, Vergißdasleid, Majoran, Ambrosia, Lotus, Rosen, Veilchen, Hyazinthen – eine wahre Treibhauspracht. In dieser Herrlichkeit kam ich zur Welt, und darum begann ich mein Leben auch nicht mit Weinen – mein erstes war, die Mutter herzig anzulächeln. Und wie gern lasse ich dem erhabenen Kroniden die Geiß, die ihn nährte: mir reichten ja zwei allerliebste Nymphen die Brust – Methe, die weinselige Tochter des Bacchus, und der Wildfang Apädia, die Tochter des Pan. Sie beide seht ihr hier im Verein meiner übrigen Hofdamen und Zofen. Ich stelle sie euch vor, sofern ihr es wünscht – freilich anders als griechisch tue ich es nicht.

Die also dort mit den hochgezogenen Brauen ist die selbstgefällige Philautia; die andere – ihre Augen lachen euch an und ihre Hände regen sich zum Klatschen – ist die schmeichelnde Kolakia; die dritte dort, die schlaftrunken einzunicken scheint, die gedächtnisschwache Lethe; die nächste, die beide Ellbogen aufstützt und die Hände verschränkt, die bequeme Misoponia; die folgende, die den Kranz von Rosen trägt und von Salben trieft, die freudentrunkene Hedone; die da mit dem irren, unsteten Blick die gedankenlose Anoia; ihre Nachbarin mit dem blühenden Gesicht und der stattlichen Leibesrundung die üppige Tryphe. Auch zwei männliche Gottheiten seht ihr bei den Mädchen – dort den ausgelassenen Komos, der bei keinem Gelage fehlt, und hier Hypnos, den Langschläfer. Das ist mein Gefolge, und ich sage euch: dank seinen treuen Diensten unterwerfe ich alle Welt meinem Willen und bin Königin über die Könige.

Abkunft, Erziehung und Hofstaat kennt ihr. Aber immer noch glaubt vielleicht einer, den Titel Göttin zu führen sei ich doch nicht befugt. Hört also brav zu, wenn ich euch nun zeige, welch große Dienste ich Göttern und Menschen erweise und wie weit meine göttliche Kraft reicht. Denn wenn der Mann recht hat, der einmal fein bemerkte, das erst mache zum Gott, den Menschenkindern Gutes zu tun, und wenn es in Ordnung ist, daß die in den Senat der Götter kamen, die dem Menschen den Weinbau, den Ackerbau oder eine andere nutzbringende Hantierung gelehrt haben, warum soll da nicht ich unter den Göttern die Erste sein und heißen, die ich allein allen alles schenke?

Zum ersten. Was könnte süßer, was kostbarer sein als das Leben an sich? Aber daß es entsteht – wer darf sich das gutschreiben außer mir? Denn nicht die Lanze der majestätischen Pallas, nicht die Ägis des wolkensammelnden Zeus erschafft oder verbreitet das Menschengeschlecht – bewahre! Der Göttervater und Menschenbeherrscher selbst, auf dessen Wink der ganze Olymp erbebt, muß ja seinen dreizackigen Blitz daheim lassen mitsamt seinem Titanenblick, mit dem er je nach Laune alle Götter zittern macht, und muß ganz wie ein Komödiant eine Maske anziehen, der Ärmste, sobald er einmal wieder tun will, was er nicht selten tut? ein Kindlein zeugen. Den Göttern ebenbürtig sind, wie sie meinen, die Stoiker. Aber zeigt mir einen dreifach, vierfach, hundertfach gesiebten Stoiker – auch er muß hier kapitulieren. Seinen Bart, das Zeichen des Weisen – der Bock führt freilich dasselbe –, mag er vielleicht behalten; aber seine hochmütigen Brauen muß er senken, seine gerunzelte Stirne muß er glätten, seine stahlharten Grundsätze muß er fallen lassen und muß eine Weile ein Kindskopf und Narr sein – mit einem Worte: mich, ja mich muß der Weise um Beistand bitten, will er Vater werden. Und warum nicht noch deutlicher reden, wie das doch meine Art ist? Was meint ihr: ist es der Kopf, das Gesicht, die Brust, die Hand, das Ohr, kurzum, ein sogenannter edler Teil, was einem Gott, was einem Menschen das Leben gibt?

Ich denke nein; vielmehr ein dermaßen törichtes, dermaßen lächerliches Etwas am Menschen ist der Stammhalter seines Geschlechts, daß man es, ohne zu lachen, gar nicht nennen kann; aber dieses Etwas ist der wahre heilige Quell, aus dem alle Wesen ihr Leben schöpfen, und nicht, wie der gute Pythagoras meinte, die Vierzahl.

Wo wäre ferner, ich bitte euch, der Mann, der noch Lust hätte, seinen Kopf in das Halfterband der Ehe zu strecken, wenn er, wie die Weisen tun, vorher die Schattenseiten dieses Standes bedacht hätte? Und welches Weib wollte mit einem Manne noch etwas zu schaffen haben, wenn es um die Gefahren und Schmerzen des Gebärens und die Plage des Aufziehens wüßte oder sich kümmerte? Verdankt ihr somit einem Ehebund euer Dasein, den Ehebund aber meiner Zofe, der unklugen Anoia, so werdet ihr verstehen, was ihr an mir habt. Und hat ein Weib einmal all das erlebt, wollte es nochmals dasselbe erleben, wenn nicht meine Lethe ihm gnädig dazu hülfe, es zu vergessen? Venus selbst wird es mir trotz aller Widerrede ihres Anbeters Lukrez nicht bestreiten, daß ohne mich ihre Kraft zu schwach ist und nicht zum Ziele gelangt. Es ist schon so: mein Werk ist jener Rausch, jenes lächerliche Getändel, dem die hochnäsigen Philosophen entstammen – Mönche heißt man sie heute – und die purpurgeschmückten Könige und die frommen Priester und schließlich alle die Götter der Poeten, eine so große Gesellschaft, daß sie im Olymp kaum Platz mehr findet, wie weit er sich auch dehnt.

Doch möchte es euch zu wenig bedeuten, daß ihr mir Pflanzstätte und Keim des Lebens verdankt; ich muß euch noch nachweisen, daß alles Schöne im ganzen Leben aus meiner Hand kommt.

Was ist nun aber das Leben, oder besser: ist das überhaupt ein Leben, wenn man sich daraus die Lust wegdenkt? Ich höre euer Nein – konnte ich doch wetten, daß keiner von euch so weise sei (oder so töricht? Nein, bleiben wir dabei: so weise sei), um anders zu denken; verschließen doch nicht einmal die Stoiker der Lust die Tür, auch wenn sie beharrlich dergleichen tun und ihr vor den Leuten tausend Schimpfwörter ins Gesicht schleudern – sie denken: verleiden wir sie den andern, so haben wir den doppelten Genuß. Doch nun sage mir einer bei Gott: wann wäre das Leben nicht trübselig, langweilig, reizlos, sinnlos, unerträglich ohne die Lust, das heißt, ohne die Würze der Torheit? Als Antwort könnte genügen, was der unvergleichliche Sophokles bezeugt, der über mich den prächtigen Ausspruch tat: »Die Torheit ist des Lebens schönster Teil«. Und doch – es sei euch Stück für Stück bewiesen.

Zum ersten. Wer weiß nicht, daß der Mensch nie wieder so fröhlich und der Liebling aller ist wie in der ersten Kindheit? Nun, was an den Kleinen tut es uns denn so an, daß wir sie abküssen und herzen und liebkosen, ja, daß auch der Feind an einem Kindlein zum Retter wird? Ist es nicht der verführerische Reiz der Torheit? Wohlweislich gab die kluge Natur den Neugeborenen ihn zum Angebinde: mit ihm sollten die wonnigen Geschöpfe alle Mühe der Wartung entgelten und Gunst und Schutz erschmeicheln können. Und dann die Jugendzeit! Wie hat doch jeder seine Freude an einem jungen Menschen, wie aufrichtig will ihm jeder wohl, wie eifrig fördert man ihn, wie dienstbereit streckt man ihm helfend die Hand entgegen? Woher aber diese Beliebtheit? Woher sonst, wenn nicht von mir? Denn daß er keine Gedanken hat, sich also auch keine macht, das ist mein Werk. Bei meiner Ehre: ist er erst älter und hat ihm Erfahrung und Studium schon etwas Mannesverstand beschert, so verblüht im Umsehen die Schönheit, verlöscht das Feuer, verstummt der Scherz, versiegt die Kraft. Und je weiter der Weg von mir wegführt, desto schwächer wird der Lebensgeist, bis endlich das mühselige Alter da ist, ein Greuel sich selbst so gut wie andern; ja, kein Mensch hielte es darin aus, wenn nicht ich wieder voll Erbarmen ihm an die Hand ginge: ich machs wie in den Gedichten die Götter, die ihre Schützlinge in der höchsten Not verwandeln, und rufe den alten Mann am Rande des Grabes noch einmal in die Kindheit zurück, solange es sein darf. Darum bezeichnet sie der Volksmund bei den Griechen nicht übel als »Nochmalskinder«.

Und die Methode meiner Verjüngungskur? Auch daraus will ich kein Geheimnis machen. Auf den Inseln der Seligen entspringt die Quelle rneiner lieben Lethe – denn was da in der Unterwelt fließt, ist bloß ein dünnes Bächlein –; zu ihr führe ich die Alten hin, aus ihr heiße ich sie den Trunk des Vergessens tun; dann löst sich langsam der quälende Druck, und sie werden wieder Kinder. »Ach geh doch!« so lacht man mich aus; »deine Alten sind einfach närrisch, sind nicht mehr bei Verstand.« Gewiß – aber das gerade heißt, wieder ein Kind sein. Oder ist das denn etwas anderes als ein Narr, als ein Mensch ohne Verstand? Oder macht uns ein Mensch in diesem Alter nicht deshalb so viel Freude, weil er so wenig Verstand hat? Denn vor einem Kinde, das klug sein will über sein Alter, entsetzt man sich wie vor einer Mißgeburt und bekreuzigt sich; und dabei gibt uns ein landläufiges Sprüchlein recht, das da sagt:

> Behüt' mich Gott vor einem Kind,
> Dem Weisheit von den Lippen rinnt!

Allein auch mit einem Greise, dem zu seiner reichen Erfahrung noch gleichwertige Kraft des Denkens und Schärfe des Urteils beschieden wäre, wollte schwerlich jemand Verkehr und Umgang haben, und darum mache ich ihn in Gnaden zum Narren. Mein Narr weiß nichts von den schweren Gedanken, die den Weisen foltern, mein Narr macht noch gern seine Späßchen bei einem Glase Wein und spürt nichts von dem Lebensüberdruß, dessen sich manch kräftiger Mann kaum erwehrt; nicht selten lernt er wieder das Wörtlein »Ich liebe dich« – ein armer Tropf, wenn er bei Verstande wäre! Er ist bei alledem dank meiner Gnade glücklich, ist bei den Freunden willkommen, ist auch zu einem lustigen Streich noch wohl zu brauchen. Es steht doch auch bei Homer zu lesen, honigsüß habe Nestor gesprochen, Achilles aber gallig, und derselbe Dichter weiß, daß die greisen Trojaner, die auf der Stadtmauer oben saßen, fein und lieblich wie die Zikaden zirpten. Und das ist ein Trumpf, mit dem das Alter die Kindheit noch aussticht: die ist freilich köstlich, aber stumm und muß verzichten auf den Hauptspaß im Leben – aufs Schwatzen. Nehmt dazu, daß die Alten gerade an den Jüngsten den Narren gefressen haben und umgekehrt die Jüngsten am liebsten bei den Alten sind, ganz wie Homer sagt: »Wie doch gesellet der Gott stetsfort den Gleichen zum Gleichen!« Was unterscheidet sie denn auch, als der eine Runzeln hat und mehr Geburtstage zählt? Sonst sind die Greise genau wie die Kinder: silbern ist ihr Haar, zahnlos ihr Mund, zwerghaft ihr Wuchs; ihr Labsal ist Milch; sie stammeln, sie plappern, sind kindisch, vergeßlich, gedankenlos. Je mehr es dem Alter zugeht, desto näher kommen sie wieder der Kindheit, bis sie wie Kinder, des Lebens gar nicht müde, des Todes gar nicht gewärtig, fortwandern aus dem Dasein.

Komme nun, wer Lust hat, und vergleiche mit diesem Werke meiner Gnade die Verwandlungskünste der übrigen Götter! Was sie im Zorne tun, mag ich gar nicht berühren; aber selbst ihre teuersten Lieblinge wissen sie bloß in einen Baum, in einen Vogel, in eine Grille oder auch in eine Schlange zu verwandeln, als wäre nicht just das Anderswerden Vernichtung. Ich jedoch lasse dem Menschen sein Wesen und führe ihn wieder in die schönste und glücklichste Zeit seines Lebens. Gäben die Menschen ein für allemal der Weisheit den Abschied und lebten ohne Unterlaß mit mir, sie wären des Alterns für immer enthoben: ewige Jugend belebte sie, ewige Freude. Ihr seht es doch selbst: die Kopfhänger da, die sich der Philosophie oder ernsthafter, schwieriger Arbeit verkauften, sind meist, noch bevor sie recht jung gewesen, schon Greise. Warum? Weil der Ernst und das unermüdlich angestrengte Denken ihnen nach und nach allen Lebensgeist, allen Lebenssaft aussaugt. Meine lieben Toren dagegen sind hübsch feist und rund und wohlgepflegt, wie die appetitlichsten Mastschweinchen; von den Plagen des Alters verspürten sie nie das geringste, würden sie nicht vielfach von den Weisen angesteckt und verseucht – es scheint nun einmal im Menschenleben nicht anzugehen, daß einer vollkommen glücklich sei.

Vergeßt auch nicht, daß der Volksmund bedeutsam sagt, Torheit allein bewege die so flüchtige Jugend zum Verweilen und banne das böse Alter. Man begreift dann wohl, warum von den Brabantern die Rede geht, bei andern wachse mit dem Alter der Verstand, bei ihnen die Torheit: es lebt keine Nation so gemütlich und gesellig beisammen und weiß so wenig von der Trübsal des Alters. Ihre Nachbarn und Lebenskünstler wie sie sind meine Holländer – sie darf ich wirklich die Meinen heißen, denn sie folgen so treu meiner Fahne, daß alle Welt sie verdientermaßen nach mir benennt, wie auch sie sich dieses Namens gar nicht schämen; im Gegenteil: sie bilden sich auf ihn besonders viel ein.

Laßt sie nun hingehen, die dummen Menschenkinder, und zu einer Medea, Circe, Venus, Aurora pilgern oder zu irgend einem Brunnen, sich neue Jugend holen: ich allein kann sie schenken, und ich allein schenke sie gern. Ich braue den Zaubersaft, mit dem Memnons Tochter ihrem Großvater Tithonus die Jugend verlängerte; ich bin die Venus, deren Gunst jenen Phaon so herrlich verjüngte, daß sich Sappho bis über die Ohren in ihn verliebte; ich kenne die Wunderkräuter, so es deren gibt, ich kenne die Zauberformeln, ich kenne den Quell, der die entschwundene Jugend nicht wiederkehren nur, nein – was viel wünschenswerter – für immer bleiben und wirken macht. Und wenn ihr nun ja alle den Satz unterschreibt, daß nichts schöner ist als die Jugend und nichts abscheulicher als das Alter, so ist euch wohl klar, was ihr meiner Güte dankt, die euch soviel Schönes rettet und soviel Häßliches erspart.

Doch, was rede ich immer noch von den Sterblichen? Durchmustert den ganzen Himmel, und jeder Esel soll mich eine Närrin schelten, wenn ihr einen einzigen netten und liebenswürdigen Gott dort auftreibt, der sein gewinnendes Wesen nicht mir verdankt. Warum denn bleibt Bacchus ein schöner Jüngling in lockigem Haar? Weil er stets toll und trunken ist, mit Zechen, Tanzen, Singen und Schäkern seinen Tag ausfüllt und um die Pallas in weitem Bogen herumgeht. Ein weiser Gott will er gar nicht sein; ihn freuts im Gegenteil, wenn zu seinem Preis Gelächter erschallt und der Unsinn blüht, und gern läßt er sich eine Redensart der Griechen gefallen, die einen Dummkopf aus ihm macht, wenn sie sagt »einfältiger als der Einfaltspinsel« (so tauften sie den Gott, weil ihn, wenn er vor seinem Tempel saß, die ausgelassenen Winzer mit Trauben- und Feigensaft zu bepinseln pflegten), und welche Späße treibt nicht mit ihm die alte Komödie! »Ach geh mir mit diesem einfältigen Gott!« so heißt es nun freilich, »kein Wunder, daß der aus dem Schenkel seines Vaters zur Welt kam!« Und doch – viel lieber dieser Einfaltspinsel und Dummkopf sein, immer vergnügt, immer jung, immer und überall willkommen mit seinem Scherz und seiner Lust, als jener hinterlistige Jupiter, vor dem sich alles fürchtet, oder Pan, der mit seinem plötzlichen Gelärme alles verstört, oder Vulkan, an dem die Asche klebt und der Schmutz der Werkstatt, oder selbst Pallas, die mit Medusenhaupt und Lanze Schrecken verbreitet und stets so grimmig dreinschaut. Warum bleibt Cupido ewig jung? Ja warum? Weil er ein Hanswurst ist und ein Tunichtgut. Warum blüht die goldene Venus in nie verwelkender Schönheit? Weil sie meine Base ist – drum ähnelt sie in der Farbe meinem Vater, so daß Homer sie die goldene heißt – und weil sie nie aufhört zu lächeln, wie uns Dichter und Bildhauer um die Wette versichern. Welche Gottheit haben die Römer je so gewissenhaft verehrt wie Flora, die Mutter aller Wonne?

Ja noch mehr: laßt euch doch auch aus dem Leben jener gravitätischen Götter von Homer und den übrigen Dichtern Genaueres erzählen, und ihr hört von nichts als dummen Streichen. Denkt nur zum Beispiel an die bekannten Liebeleien des Donnerers oder an die spröde Diana, die, ihr Geschlecht verleugnend, den ganzen Tag hinter dem Wild herjagt und dabei zum Sterben in Endymion verliebt ist! Freilich wäre eher der kritische Momus der Mann, dieser Gesellschaft das Sündenregister zu verlesen, wie er es vordem des öfteren tat; letzthin jedoch warfen sie ihn mitsamt der unheilbrütenden Ate im Zorn auf die Erde hinunter, weil der vorlaute Weisheitskrämer mit seinen Strafpredigten die göttliche Seligkeit störte – doch auch drunten nimmt niemand den Verbannten unter sein Dach, geschweige, daß er an Fürstenthronen ein Plätzchen fände, wo doch meine Kolakia, die Schmeichelkatze, im vordersten Range steht (sie paßte freilich zu ihm wie das Schaf zum Wolf). Seit er also draußen ist, treiben die Götter noch unbedenklicher und lustiger ihre Possen, so richtig »leichthinlebend«, wie Homer sagt; kein Sittenrichter rüffelt sie mehr. Jetzt ist kein Witz dem Priap, dem Gott von Feigenholz, zu saftig, kein Streich dem Merkur, dem Hexenmeister und Spitzbuben, zu keck; selbst Vulkan spielt nun den Komiker beim Göttermahl, und sein Gehumpel, sein loses Mundwerk, seine lustigen Geschichten erheitern in fröhlichem Wechsel die Tafelrunde. Der alte Sünder Silen geniert sich nicht, sogar den Kordax vorzutanzen, und während Polyphem den Juchheirassaländler stampft und die Nymphen die nackten Füßchen schwingen, führen die Satyrn, die Bocksgestalten, einen derben Schwank auf, und Pan gibt ein einfältiges Liedlein zum besten – und alles lacht, denn sie hören ihn lieber als die Musen, besonders wenn der Nektar zu wirken beginnt. Soll ich da noch erzählen, was die Götter, erst einmal richtig bezecht, nach dem Schmause treiben? Du lieber Himmel, da geht es so toll zu, daß es mich manchmal selber lächert. Doch ist es gescheiter, ich lege mir hier den Finger auf den Mund, sonst belauscht uns noch ein Spion vom Olymp und hört, daß ich Dinge erzähle, von denen selbst Momus nicht ungestraft geplaudert hat.

Allein es ist Zeit, nach dem Muster Homers die Himmlischen zu verlassen und zur Abwechslung auf die Erde hinabzusteigen. Da wird es sich erweisen, wie wenig Freude oder Glück hier unten zu finden wäre ohne meine Güte.

Zum ersten. Es kann euch nicht entgehen, wie die Natur, die Mutter aller Wesen, die auch das Menschengeschlecht erschuf, vorsorglich darauf sah, daß ja das Salz der Torheit nirgendwo mangle. Denn da, so definieren die Stoiker, weise sein nichts anderes heißt, als der Vernunft folgen, töricht sein aber, sich den Launen der Triebe unterwerfen, so fürchtete Jupiter, das Leben der Menschen möchte leicht gar traurig und trübselig ausfallen, und hat ihnen darum an Trieben viel mehr verabreicht als an Vernunft, ein Pfund auf ein Lot. Dazu verwies er die Vernunft in die enge Gehirnkammer und gab den Leib den Leidenschaften frei. Dann ließ er gegen sie, die ohne Partner blieb, zwei schreckliche Tyrannen los, den Jähzorn, dessen Festung in der Brust steht, gerade über dem Lebensquell, dem Herzen, und den Trieb zur Lust, dessen ausgedehnte Herrschaft bis hinab in die untern Regionen reicht. Was gegen diese beiden Mächte die Vernunft ausrichtet, lehrt das alltägliche Treiben der Menschen zur Genüge: sie protestiert – das ist alles, was sie kann –, bis sie heiser ist, und predigt ihre Sätze vom Schönen und Guten; zur Antwort schicken ihr die Rebellen einen Strick, sich damit aufzuhängen, und erheben ein noch greulicheres Geheul, bis sie es nicht mehr aushält, das Feld räumt und die Waffen streckt.

Weil aber der Mann, dazu bestimmt, die Zügel in die Hand zu nehmen, von jenem Lot Vernunft ein paar Körnchen mehr mußte zu schlucken bekommen und der Vater der Menschen auch für ihn nach Pflicht und Recht sorgen wollte, zog er mich, wie so oft, zu Rate, und alsbald machte ich ihm einen Vorschlag, wie er von mir zu erwarten war. »Gib ihm«, sagte ich, »das Weib zur Seite. Es ist ja freilich ein herzlich einfältiges und dummes Ding, aber possierlich und anmutig, und in häuslicher Gemeinschaft wird es mit seiner Torheit dem ernst gearteten Manne das Leben würzen und versüßen.« Wenn nämlich Plato nicht recht zu wissen scheint, zu welcher Klasse das Weib zu rechnen sei, zu den vernünftigen Wesen oder zu den unvernünftigen, so wollte er damit bloß die ungewöhnliche Torheit dieses Geschlechtes betonen. Spielt aber ein Weib sich einmal doch als Philosophin auf, so ist der Erfolg nur der, daß es als zwiefache Närrin dasteht, nicht anders, als wenn eine Kuh der Natur zum Trotz sollte klettern lernen. Der Schaden wird eben nur größer, wenn man der Farbe der Natur mit Schminke aufhelfen will und sich zu künstlichem Getue zwingt; und wie der Affe, nach einem Sprichwort der Griechen, Affe bleibt, ob man ihn auch in

Purpur kleidet, so bleibt das Weib ein Weib, das heißt, eine Törin, ob es diese oder jene Maske vor das Gesicht hält. Nur so weit wird keine die Torheit treiben, mir deshalb zu zürnen, weil ich die Frauenzimmer als Törinnen hinstelle, obwohl ich auch ein Frauenzimmer und die Torheit selber sei.

Sobald sie nämlich recht überlegen, müssen sie es der Torheit zugute schreiben, daß sie beim Spiel ums Glück manchen Stein mehr im Brett haben als die Männer. Ich nenne zunächst die Schönheit, einen Besitz, der ihnen mit Recht über alles geht, dank dem sie selbst Tyrannen tyrannisieren. Denn woher hat der Mann seine ungeschlachte Figur, sein stoppeliges Fell, seinen waldigen Bart, kurzum, das Unjugendliche seiner Erscheinung? Einfach von dem Fehler, daß er klug ist. Den Frauen dagegen bleiben die glatten Wangen, die feine Stimme, die sammetweiche Haut, und so sehen sie aus wie ewig jung. Was wünschen sie sich ferner mehr vom Leben, als den Männern zu gefallen? Wozu sonst würden sie sich so eifrig putzen, schminken, waschen, frisieren, salben, parfümieren und Züge, Blick und Teint mit tausend Schauspielerkünsten ändern, fälschen und färben? Allein – was zieht nun die Männer so unwiderstehlich an wie die Torheit? Denn was erlaubt nicht alles ein Mann der Frau! Doch um welchen Lohn, wenn nicht um die Freuden der Liebe? Ihren Reiz aber danken die Frauen nur der Torheit, was keiner bestreiten kann, der überlegt, welch dummes Zeug der Mann bei dem Weibe schwatzt, und wie läppisch er tut, wenn er jene Freuden zu genießen gedenkt. So – nun wißt ihr, aus welchem Gärtlein sich das Leben seine liebste und schmackhafteste Frucht holt.

Manche freilich, besonders die Alten, gucken lieber fleißig ins Glas als in schöne Augen und erklären, nichts gehe über die Freuden der Tafelrunde. Ob zwar nicht das Köstlichste fehlt, sobald das Weib dabei fehlt, mögen andere entscheiden; fest steht, daß ohne die Würze der Torheit jeder Schmaus fade schmeckt. Drum, ist kein Gast dabei, der mit echter oder gespielter Albernheit die Lachlust befriedigt, so holt man einen Lustigmacher von der Straße, seis auch um Geld, oder lädt noch einen spaßigen Schmarotzer zu Tisch, der zum Dank mit seinen komischen, das heißt eben törichten Schnurren in die schweigenden Leimsieder Leben bringen soll. Wozu denn auch mit einem Haufen Naschwerk, Delikatessen und Törtchen den Bauch vollstopfen, wenn nicht ebenso Auge und Ohr, nicht ebenso Herz und Gemüt sich weiden dürften an Lachen, Scherz und Witz? Aber solche Bonbons fabriziere nur ich. Doch auch was man so gewöhnlich beim Gelage treibt – den König küren, Würfel spielen, Gesundheiten ausbringen, um die Wette den Humpen leeren, reihum ein Liedlein, einen Tanz, eine Pantomime zum besten geben – all das ist nicht von den sieben Weisen, sondern von mir zum Heil der Menschheit erfunden. Und mit all diesen Dingen steht es doch so: je stärker mit Torheit sie gewürzt sind, desto schmack-hafter machen sie das Leben, und schmeckte das Leben bitter, so dürfte es gar nicht Leben heißen; bitter aber müßte es mit der Zeit werden, vermöchte man nicht, den angeborenen Ekel vor dem Dasein mit derlei Freuden hinwegzuschwemmen.

Doch sagt vielleicht einigen auch diese Belustigung nichts. Sie finden ihr Behagen in liebendem Umgange mit Freunden und versichern, Freundschaft sei das Wichtigste im Leben und gehöre dazu wie Luft, Feuer und Wasser. Sie sei aber auch das Schönste, und wer sie den Menschen rauben wolle, raube ihnen den Sonnenschein. Endlich sei sie etwas gar Ehrbares – falls das von Bedeutung ist –, und auch die Philosophen zählten sie ohne Bedenken zu den höchsten Gütern. Wie aber, wenn ich ihnen bewiese, daß dies köstliche Ding von vorn bis hinten mein Werk ist? Und beweisen will ich es ihnen nicht etwa mit Fangschlüssen und Kniffen: meinen Beweis wird auch ein Dickschädel verstehen; mit der Nase will ich ihn draufstoßen.

Was meint ihr: wenn einer vor den Fehlern seiner Lieben durch die Finger schaut, seine Grundsätze verleugnet, beide Augen zudrückt, wie im Traume redet, wenn er für krasse Mängel sich wie für wahre Wunder begeistert, grenzt das nicht an Torheit?

Wenn der das Muttermal auf seiner Liebsten abküßt und jenen der Polyp in ihrer Nase entzückt, wenn der Vater von dem innigen Blick seines schielenden Jungen spricht – was fehlt da noch zur echten Torheit? Mögen nun die Gescheiten nur wieder dreimal, viermal rufen, da sehe man eben, was die Torheit leistet – ich antworte:

>»Sie zeigt allein euch, wie ihr Freunde findet
>Und schon gefundne dauernd euch verbindet.«

Zwar gilt das nur von den gewöhnlichen Sterblichen, die bekennen müssen:

>»Wir alle bringen Fehler mit ins Leben;
>Der beste ist, an dem die kleinsten kleben.«

Denn unter jenen gottähnlichen Weisen wächst überhaupt keine Freundschaft, oder dann ist sie steif und ungemütlich und zieht nur wenige in ihren Kreis – niemand wäre zuviel gesagt –, weil eben fast jeder seinen Sparren hat, ja sogar jeder mehr als einen, und weil nur Gleichartige sich zueinander gesellen. Findet sich aber einmal unter jenen Finsterlingen gemeinsame Neigung zusammen, so hält das Ding sicher nicht fest und nicht lange, weil sie Pedanten und zu scharfsichtig sind: wo es die Fehler der Freunde gilt, haben sie Augen wie ein Adler oder ein Drache; nur vor den eigenen laufen sie ihnen über, und keiner sieht das Ränzel auf seinem Rücken. Nun hat also jeder Mensch schon von Natur seine Schwächen; dazu kommen die Unterschiede in Wesensart und Interessen, kommen alle die Dummheiten, Verirrungen und Schicksalsfügungen eines Menschenlebens – wie soll da zwischen Männern mit solchen Argusaugen auch nur auf ein Stündchen gemütliche Freundschaft sich einstellen, wenn nicht noch jene Harmlosigkeit sich beigesellt, die man nun Torheit oder Verträglichkeit taufen mag? Ihr wißt doch, daß Cupido, der Gott, der alle Neigung weckt und nährt, schwachsichtig ist, und wie ihm selber das Unschöne schön erscheint, so macht er auch, daß jedem unter euch seine Kappe gefällt, und daß der Großvater in die Großmutter noch so verliebt ist, wie der Bursch in das Mädchen. So geht es überall, und alles belacht es – aber diese Lächerlichkeiten binden und halten eine frohe Gemeinschaft fürs Leben zusammen.

Was ich von der Freundschaft sagte, gilt erst recht von der Ehe, ist sie doch nichts als ein unzertrennlicher Lebensbund. Du lieber Himmel, wieviele Scheidungen oder noch Schlimmeres gäbe es aller Ecken und Enden, wenn nicht Schmeichelei, Scherz, Gutmütigkeit, Selbsttäuschung und Verstellung – alles meine dienstbaren Geister – die Gemeinschaft von Mann und Frau stützten und förderten! Weiß der Tausend, da kämen wenig Ehen zustande, wenn sich der Bräutigam vorsichtig erkundigte, welche Spiele das waren, mit denen sein scheinbar so holdes und züchtiges Mägdlein schon lange vor der Hochzeit sich vergnügte, und wie wenige erst hielten zusammen, wenn nicht das meiste, was die Frau tut und treibt, dem Manne Geheimnis bliebe, weil er vertrauensselig oder weil er dumm ist. Mit Recht zwar kreidet man das der Torheit an; dabei aber sichert sie Wohlgefallen auf beiden Seiten, Ruhe im Hause und Frieden mit der Verwandtschaft. Man verhöhnt zwar den Betrogenen, heißt ihn Kuckuck oder Hahnrei oder sonstwie, während er der Untreuen die Tränen wegküßt; aber wieviel ersprießlicher ist es, sich so zu täuschen, als in eifersüchtiger Wachsamkeit sich selbst aufzureiben und alle Welt mit seinem Lamento zu behelligen! Kurzum – es gibt kein Zusammenleben, das ohne mich erfreulich oder dauerhaft wäre: kein Volk könnte den Fürsten mehr ausstehen, kein Herr den Knecht, keine Zofe die Dame, kein Lehrer den Schüler, kein Freund den Freund, kein Weib den Mann, kein Vermieter den Mieter, kein Kamerad den Kameraden, kein Tischgenosse den Tischgenossen. Sie müssen eben einander zuliebe bald fünf gerade sein lassen, bald zum Schmeicheln sich verstehen, bald ein Auge klug zudrücken, bald mit dem Honig der Torheit sich bei Laune erhalten. Das scheint euch viel gesagt, ich sehs euch an; es kommt aber noch besser.

Wird der einen andern lieben, der sich selber haßt? Wird der mit einem andern harmonieren, der mit sich selber hadert? Wird der einen andern erfreuen, der sich selber quält und schulmeistert? Das behauptet doch nur, wer törichter ist als die Torheit. Nun aber: wer mir die Türe weist, kann nicht nur mit keinem andern sich vertragen – sein eigenes Ich wird ihm zuwider, sein eigenes Wesen ekelt ihn an, er wird sein eigener Feind. Denn die Natur, auch sonst vielfach mehr Stiefmutter als Mutter an den Menschen, hat gerade dem feiner Gearteten die schmerzhafte Sucht eingeimpft, sich selbst unnütz, gediegen nur andere zu finden. So verkümmern in ihm alle Anlagen, alle Ansätze zu dem, was ein Leben verschönt und veredelt, und sterben ab. Was sollte auch Schönheit, das herrlichste Geschenk der Unsterblichen, wenn sie doch angekränkelt ist von des Gedankens Blässe? was Jugend, wenn greisenhafter Trübsinn sie zersetzt? Und wenn nicht nur in der Kunst, wenn bei jedem Tun das geschmackvolle Wie die Hauptsache ist, welcher Aufgabe im Leben willst du vor dir oder vor andern mit sicherem Takt und Geschmack noch gerecht werden, sobald dir nicht freundlich ein Wesen an die Hand geht, das mich allerorten aufs beste vertritt und mir darum lieb ist wie eine Schwester – die Selbstgefälligkeit hier? Was aber ist törichter, als sich selber schön finden, sich selber bewundern? Und doch: wie kannst du etwas Hübsches, Gefälliges, Schönes schaffen, wenn du an dir keine Freude hast? Nein, ohne meinen stärkenden Trank im Leibe zündet kein Redner trotz all seinem Pathos, gefällt kein Musikant trotz seinen lieblichsten Weisen; ausgepfiffen wird der Schauspieler mit seinen Gebärden, ausgelacht der Dichter samt seinen Musen; den Maler retten all seine Farben nicht vor dem grauen Elend, und der Arzt verhungert bei seinen Mixturen und Latwergen; ein schöner Nireus wird zum häßlichen Thersites, ein junger Phaon zum alten Nestor, eine kluge Minerva zum dummen Schwein, ein Redner zum stammelnden Kind, ein Weltmann zum Tölpel – so unerläßlich ist es, daß jeder sich auch selber schmeichle und mit ein bißchen Eigenlob erst sich selbst gewinne, bevor er andere gewinnen will. Und wenn das Glück zum größten Teil darin besteht, gern zu sein, was man ist, so führt euch – könnt mirs glauben – die Selbstgefälligkeit auf kürzestem Wege ins Paradies: wo sie regiert, ist jeder zufrieden mit seinem Äußern, seinem Verstand, seiner Herkunft, seiner Stellung, seiner Hantierung, seiner Heimat; da tauscht der Ire nicht mit dem Italiener, der Thrazier nicht mit dem Athener, kein Skythe gibt seine Steppe um die Inseln der Seligen. Und seht nur, wie gewissenhaft die Natur bei aller Ungleichheit in der Welt doch alles wieder ausgleicht: wo sie an der Mitgift aus dem Eigenen knausert, da gibt sie gern mehr Selbstgefälligkeit mit – was freilich von mir dumm ausgedrückt war, da gerade das die reichste Mitgift bedeutet! Und überhaupt – ohne meinen Zuspruch wagt keiner etwas Großes, und keiner hat eine der herrlichen Künste erfunden ohne meine Führung.

Oder entsprießen und entspringen nicht alle die vielbesungenen Heldentaten dem Kriege? Was ist aber törichter, als aus den nichtigsten Gründen einen Streit anzuheben, aus dem der eine wie der andere stets größeren Schaden als Vorteil heimträgt? – ganz zu schweigen von den Gefallenen, denn nach denen kräht kein Hahn. Und dann, wenn auf beiden Seiten die eisenstarrenden Reihen stehen und »dumpf-dröhnende Hörner ertönen«, was taugen dann ums Himmelswillen jene Weisen, die, vertrocknet in der Luft der Studierstube, bei ihrem dünnen und eiskalten Blut angstvoll nach Atem ringen? Nein ? stramme, stämmige Kerle, das sind die rechten Krieger, möglichst frech und möglichst dumm. Oder ist ein Soldat wie Demosthenes euer Ideal? Der hielt sich an den Rat des Archilochus und warf, kaum sah man den Feind, den Schild weg und gab Fersengeld, ein feiner Redner, ein feiger Kämpfer.

Allein das Denken, sagt man, hat im Kriege doch viel zu bedeuten. Bei dem Führer schon, aber ein Denken soldatischer, nicht philosophischer Art; im übrigen braucht es Tagediebe, Hurenwirte, Straßenräuber, Meuchelmörder, Bauernschädel, Strohköpfe, Schuldenbrüder und derlei Hefe der Menschheit zu diesem heldischen Metier, nur keine Philosophen, die nach der Lampe riechen. Die sind ja auch sonst im praktischen Leben keinen Heller wert, wie am besten Sokrates beweist, den Apolls Orakel den alleinig Weisen genannt hat, freilich recht unweise; denn als er einst vor dem Volke zu reden versuchte, war der Erfolg ein schallendes Gelächter. Doch hatte der Mann Verstand genug, den Titel »der Weise« abzulehnen und dem Gotte selbst zurückzugeben; er meinte auch ganz richtig, der Weise tue gut, die Hände von der Politik zu lassen. Noch besser freilich hätte er gesagt: »Willst du ein Mensch sein, so nimm dich in acht vor der Weisheit!« Denn was anderes als die Weisheit war daran schuld, daß er später seinen Prozeß verlor und den Schierling trinken mußte? Während er nämlich über Wolken und Ideen spintisierte, die Länge des Flohfußes berechnete, sich über die Stimmkraft der Schnake nicht genug verwundern konnte, vergaß er zu lernen, was man zum täglichen Leben braucht. Aber sprang dem Lehrer in der höchsten Not denn nicht sein Schüler Plato bei? O ja, ein Fürsprech sonderlicher Art! Vor dem Lärm der Menge verlor er die Fassung, und in der Mitte seiner Eingangsperiode blieb er stecken. Und gar der Aristotelesjünger Theophrast! Trat vor das Volk und – brachte keinen Ton heraus, als hätte er den Wolf gesehen. Und so einer sollte Soldaten im Felde begeistern »Wie stand es mit Isokrates? Der wagte in seiner Schüchternheit zeitlebens nicht den Mund aufzutun. Selbst Cicero, der römischen Beredsamkeit Vater, sprach immer seine ersten Sätze unter unmännlichem Zittern, wie ein gacksender Schuljunge. Fabius deutet uns das als Zeichen des gediegenen Redners, der weiß, wo die Gefahren lauern. Aber gesteht er damit nicht offen ein, daß das Wissen den Weg zum Erfolg, versperrt? Und wer schon beim unblutigen Wortgefecht vor Angst in Ohnmacht fällt, wie wird sich der im ernsten Waffengang halten?

Und da lobt und rühmt man noch, weiß der Himmel, jenen vielberufenen Satz des Plato, daß die Staaten glücklich würden, sobald die Philosophen Könige wären oder die Könige Philosophen! O bewahre! Fragt die Geschichte, und sie wird euch sagen, daß ein Staat mit keinem Regenten so schlecht fährt, wie wenn die Herrschaft einem Philosophaster, einem Schleppträger der Wissenschaft in die Hände fällt. Das dürften zur Genüge die beiden Catonen beweisen, von denen der ältere mit seiner borniertem Angeberei den Frieden im Lande störte, der jüngere für die Freiheit Roms sich so gescheit wehrte, daß sie zugrunde ging.

Denkt ferner an Brutus, an Cassius, an die Gracchen; denkt auch an Cicero, der seiner römischen Republik so gut zum Verhängnis wurde wie Demosthenes seiner athenischen. Und der Kaiser Marc Aurel? Zugestanden sogar, er sei ein guter Regent gewesen – schon das wäre leicht ihm abzustreiten, weil er gerade als Erzphilosoph unbeliebt und verhaßt bei seinen Untertanen war – doch dies zugestanden, so hat er doch sicher dem Lande mehr Unheil gebracht durch seinen Erben, den Schurken von Sohn, als durch eigenes Wirken Gedeihen. Denn die Art von Menschen, die sich dem Studium der Weisheit verschreibt, hat ohnehin viel Pech, besonders mit ihren Kindern, wohl weil die Natur der Verbreitung dieser Seuche vorbeugen wollte. Darum mißriet dem großen Cicero der Sohn – man weiß das ja –, und darum schlugen die Kinder des weisen Sokrates mehr der Mutter als dem Vater nach, wie einer nicht übel sagte, das heißt: sie waren dumm.

Doch es ginge noch an, wenn sie nur vor Staatsgeschäften dastünden wie der Esel vor der Harfe; aber ebenso linkisch benehmen sie sich bei jedem Anlaß im praktischen Leben. Lade einen Weisen zu Tische – er wird dir mit mürrischem Schweigen oder aufsässigem Gefrage alles versalzen. Nimm ihn zum Reigen mit – du siehst ein Kamel tanzen. Schleppe ihn zum Schauspiel auf den Markt – schon sein Gesicht wird dem Volke die Lust vergällen, und unser weiser Cato wird aus dem Zuschauerring spazieren müssen, wenn er doch nicht mitlachen will. Er tappt in ein Gespräch, und alles verstummt, als wäre plötzlich der Wolf da. Muß er einkaufen, etwas verabreden, kurzum besorgen, was eben zum Alltag gehört, so steht er da wie ein Holzbock.

So gar nicht weiß er sich selber zu helfen, geschweige denn der Vaterstadt und der Familie, weil er eben vom Gewöhnlichsten keine Ahnung hat und Denkart und Sitten des Volkes ihm wildfremde Dinge sind. Kein Wunder, daß solche Absonderlichkeit in Lebensweise und Ansichten ihn verhaßt macht, denn alles, was unter Menschen sich abspielt, ist voll Torheit, und Toren spielen es vor Toren; und statt seine Stimme allein gegen alle erheben zu wollen, soll einer lieber wie Timon in die Einsamkeit wandern und einsam sich dort an seiner Weisheit weiden.

Um aber wieder auf mein Thema zu kommen: welche Macht hat jene wilden Menschen der Vorzeit, Wesen wie aus Fels oder Eichenstämmen, zur staatlichen Gemeinschaft vereint? Was anderes als ein schmeichelndes Gaukelspiel? Denn das meint die Sage mit jener Laute des Amphion und des Orpheus. Was hat die römische Plebs, die schon ans äußerste dachte, zur Eintracht mit den Gegnern zurückgeführt? Eine Rede voll Philosophie? Bewahre – eine einfältige, kindische Fabel vom Magen und den Gliedern. Dasselbe geriet Themistokles mit einer nicht gescheiteren Geschichte vom Fuchs und dem Igel. Kein Vortrag eines Weisen hätte vermocht, was jene Hirschkuh, die famose Erfindung des Sertorius, was das Stückchen des Spartaners mit seinen zwei Hunden, was die Komödie mit dem Ausreißen der Roßschwänze, um zu schweigen von Minos und Numa, die beide mit ihren Schwindeleien die Menge am Narrenseil gängelten. Ja, solcher Schnickschnack imponiert dem großmächtigen Monstrum, genannt Volk; welches Land aber hat die Verfassung des Plato, des Aristoteles oder die Lehren des Sokrates eingeführt? Wer gab es dagegen den Deciern ein, sich freiwillig den Göttern der Tiefe zu weihen? Wer lockte Quintus Curtius in den Erdschlund? Es war die sinnlose Ruhmsucht, eine gar anziehende Sirene, die freilich bei unsern Weisen im bedenklichsten Rufe steht. Sie sagen, das sei doch die vollendete Torheit, demütig, im kreideweißen Kostüm, dem Pöbel scharwenzeln, seine Gunst erkaufen, buhlen um den Beifall so vieler Dummköpfe, sich brüsten bei ihren Hochrufen, im Triumph wie ein Meerwunder sich begaffen lassen, in Erz auf dem Markte stehen; vollendete Torheit, wie man sich Namen und Titel verleihe, Knirpse von Menschen gleich Himmlischen feiere und in öffentlichem Festakt Scheusale von Tyrannen zu Göttern befördere; Unsinn sei alles, so toll, daß zum Lachen ein einziger Demokrit nicht genügte. Gewiß. Und doch – hier wachsen die Heldentaten, wie sie gar manche gewandte Feder verherrlicht; diese Torheit gründet Staaten, von ihr lebt jede Obrigkeit, lebt die Kirche, leben Feldherren, Räte und Richter – das ganze Treiben der Menschen ist ein Spiel der Torheit. Und erst die Künste! Was reizte die findigen Köpfe, so manche vermeintlich wertvolle Fertigkeit auszusinnen und den Nachkommen zu lehren? War es nicht die Ruhmsucht? Ja, mit schlaflosen Nächten und saurer Arbeit sich einen berühmten Namen zu sichern, ein Ding, von dem ich nur weiß, daß es ist wie Schall und Rauch, das lockte diese erzdummen Leute. Für euch aber schaute bei dieser Dummheit schon mancher schöne Vorteil heraus, und – was das Hübscheste ist – ihr erntet, was die Verrücktheit anderer säte.

Daß Heldentum und Kunstfleiß mein Verdienst sind, wäre hiemit bewiesen. Wie aber, wenn ich dasselbe von der Klugheit bewiese? Man wird zwar spotten: »Willst du nicht auch gleich Feuer mit Wasser paaren?« Laßt sie spotten; auch das wird mir wohl glücken. Bloß bitte ich euch, mir willig Gehör zu schenken wie bisher.

Versteht man unter Klugheit die praktische Beherrschung der Dinge, wird dann die Ehre, für klug zu gelten, eher dem Weisen gebühren, der teils aus Scham, teils aus Angst sich an nichts wagt, oder dem Toren, den nichts derartiges stört? – denn Scham kennt er nicht, und mit der Gefahr rechnet er nicht. Der Weise nimmt seine Zuflucht zu den Büchern der Alten und lernt daraus nichts als in Worten kramen; der Tor packt frisch die Dinge selbst an und schlägt sich mit ihnen herum, und so erwirbt er sich das, was ich wahre Klugheit nenne. Das scheint auch der blinde Homer gesehen zu haben, wenn er sagt:

>»Ist es getan und geschehn, dann kommt den
>Toren die Klugheit.«

Denn vornehmlich zweierlei hindert den Menschen, sich zur Kenntnis der Welt durchzukämpfen: die Scham, die ihm eine Rauchwolke in die Augen bläst, und die Furcht, die ihm die Gefahr enthüllt und jede Lust zu kühner Tat benimmt. Gegen beides hilft mit glänzendem Erfolg die Torheit. Wie vorteilhaft auch in tausend andern Fällen es ist, nie zu erröten und keine Hemmungen zu kennen, das wissen leider nur wenige.

Versteht man aber unter Klugheit die Einsicht in das wahre Wesen der Dinge, so werde ich zeigen, wie sehr sie gerade denen abgeht, die damit groß tun. Zunächst steht fest, daß alles auf Erden zwei Seiten hat, zwei ganz verschiedene Seiten, wie die Silene, von denen Alcibiades spricht. Was von außen Tod ist, wird Leben, von innen gesehen, und umgekehrt; was schön ist, wird unschön, was reich, wird arm, schändlich wird ruhmvoll, gelehrt wird ungelehrt, stark wird schwach, edel wird unedel, fröhlich wird traurig, günstig wird ungünstig, freundlich wird feindlich, heilsam wird schädlich, kurz, alles ist plötzlich vertauscht, sobald man den Silen aufschließt. Klingt das zu philosophisch, so will ich es für Dickköpfe handgreiflich darstellen. Nach jedermanns Urteil ist ein König ein reicher Mann und mächtiger Herr. Aber fehlt ihm der innere Reichtum und findet er nirgends Genügen, dann ist er ein armer Schlucker, und hat er sich allen Lastern verschrieben, dann ist er ein Sklave in Schimpf und Schande. So könnte ich fortfahren zu philosophieren, doch das eine Beispiel möge genügen. »Aber wozu das?« wird man fragen. Nun, gebt acht, worauf es hinausläuft.

Wenn einer den Spielern auf der Bühne die Masken abreißen wollte, um den Zuschauern ihre wahren, natürlichen Gesichter zu enthüllen, stellte der nicht das ganze Stück auf den Kopf und verdiente, wie ein Tobsüchtiger mit Steinen vom Platze gejagt zu werden? Alles hätte plötzlich ein neues Gesicht: die Frau von vorhin ist ein Mann, der Jüngling ein Greis, der König im Umsehen ein Plebejer und der Gott ein armer Teufel. Zerstört man aber die Illusion, so ist das Spiel verdorben – gerade Maske und Schminke sind das, was den Zuschauer fesselt. Was anderes ist nun das Leben als ein Schauspiel, in dem jeder seine Maske vor das Gesicht nimmt, auftritt und seine Rolle spielt, bis der Leiter ihn abtreten heißt? Oft steckt er den gleichen in ganz verschiedene Kostüme: wer noch eben den König im Purpur vorgestellt hatte, spielt jetzt den Sklaven im Lumpengewand. Alles ist Blendwerk, aber anders läßt diese Komödie sich einmal nicht geben.

Nun denkt euch, es fiele ein Weiser vom Himmel und finge an zu schreien: »Der da, zu dem alle wie zu Gott dem Herrn aufschauen, ist kaum noch ein Mensch; denn wie ein Stück Vieh läuft er am Leitseil der Triebe! Ein Sklave ist er, verächtlich wie nur einer; denn freiwillig front er einer Menge der abscheulichsten Herren! Und du, was weinst du um den verstorbenen Vater? Lache doch lieber! Er fängt ja erst an zu leben, dieweil das Leben hienieden nichts ist als ein Tod! Und du dort, was pochst du auf deinen Stammbaum? Bist ja doch nur ein Gemeiner, ein Bankert, denn du bist weit von der Tugend daheim, die allein zum Ritter schlägt!« Denkt euch, der Mann rede im gleichen Stil weiter – was erreichte er wohl damit, als daß ihn jeder für verrückt und toll hielte? Wie nichts dümmer als übertriebene Weisheit, so nichts unkluger als überspannte Klugheit; und überspannt klug ist doch einer, der sich den Tatsachen nicht anpaßt, nichts nach dem Kurs fragt, ja nicht einmal an das alte Trinkgesetz denkt, das da heißt:»Sauf oder lauf!«, und verlangt, daß Komödie nicht Komödie sei. Wer wahrhaft klug sein will, der sage sich: Du bist ein Mensch; drum begehre nicht mehr zu wissen, als dir beschieden, und machs wie die andern – die drücken lachend ein Auge zu oder lassen sich gutmütig über den Löffel balbieren.»Gerade das aber«, sagt man,»ist Torenmanier!« Ich bestreite es nicht; nur soll man mir zugeben, daß sich so und nicht anders die Lebenskomödie spielt.

Und nun – soll es herausgesagt sein, ihr unsterblichen Götter, oder soll ich schweigen? Warum aber schweigen, wenn es wahrer als wahr ist? Bloß empfiehlt es sich wohl, bei solchem Beginnen die Musen vom Helikon herbeizubitten – die Dichter bemühen sie ja oft wegen einer rechten Lappalie. So steht mir denn bei, ihr Töchter des Zeus, dieweil ich zeige, daß auch der Weg zu der hochgelobten Weisheit, zu dieser Glücksburg, wie meine Widersacher sagen, nur an der Hand der Torheit zu finden ist.

Kein Philosoph bestreitet, daß die Leidenschaften alle der Torheit angehören, unterscheiden sie doch selber den Weisen und den Toren so: jenen lenke die Vernunft, diesen die Leidenschaft; und darum suchen die Stoiker ihren Weisen vor jedem Affekt wie vor einer Krankheit zu behüten. Allein die verpönten Affekte dienen einmal dem strebsamen Menschen als Leiter und Mahner auf der Fahrt zum Hafen der Weisheit, sind dann aber überhaupt bei jeder Probe seiner Tüchtigkeit unfehlbar zur Stelle und spornen und stacheln ihn an, sein Bestes zu geben. Seneca zwar, der Oberstoiker, widerspricht mir energisch: er treibt seinem Weisen radikal jede Leidenschaft aus. Nur schade: damit läßt er uns gar keinen Menschen mehr übrig, sondern schafft einen neuen Gott, ein Wesen, wie es nie eines gab noch geben wird, oder deutlicher: er pflanzt vor uns ein Menschenbild aus Marmor hin, einen gefühllosen Götzen ohne alles menschliche Empfinden. Nun gut: so mögen sie sich nach Herzenslust selber an ihrem Weisen erbauen – den Liebling macht ihnen niemand streitig – und sich mit ihm in den Staat Platos oder ins Reich der Ideen oder in die Gärten des Tantalus verziehen. Denn wie vor einem gespenstigen Ungeheuer flieht alles entsetzt vor einem solchen Menschen, der taub geworden gegen die Wünsche natürlicher Regungen, der keine Seele mehr hat und weder von Liebe noch von Mitleid weiß,»starr, als wäre er Fels, eine Marmorklippe auf Paros«.

Alles merkt er, alles kennt er, alles durchschaut er wie Lynkeus, alles prüft er mit dem Winkelmaß, alles ahndet er ohne Erbarmen; er allein ist sich selbst genug, er allein ist reich, er allein vernünftig, er allein König, er allein frei, kurz, er ist alles allein, freilich nach seinem alleinigen Urteil; auf Freunde gibt er nichts – er ist auch niemand freund –; den Göttern empfiehlt er rundweg, sich aufzuhängen, und alles, was unter Menschen auf Erden sich abspielt, verwirft und verlacht er als Tollheit. Eine prächtige Gestalt, nicht wahr? Und doch, so schaut jener vollendete Weise aus.

Stellt euch nun vor, eine Wahl wäre zu treffen: welche Bürgerschaft wollte sich ein solches Oberhaupt geben, oder welche Truppe einen solchen Führer? Welches Weib wünschte sich einen so gearteten Gatten, welcher Wirt einen Gastfreund von diesem Schlage, welcher Knecht einen Herrn mit solchen Manieren? Oder wer hielte es aus bei ihm? Da wäre jedem der erste beste aus dem großen Torenhaufen lieber, so einer, der als Tor unter Toren Herr oder Knecht zu sein verstünde, bei seinesgleichen wohl gelitten, und ja bei möglichst vielen, ein zärtlicher Gatte, ein beliebter Freund, ein unterhaltsamer Kumpan, ein gutmütiger Kamerad, überhaupt ein Mensch, »der sich nichts Menschlichem verschließt.« Doch ich habe schon längst genug von diesem Weisen – sprechen wir lieber von den übrigen Vorteilen der Torheit.

Denkt euch, es stehe ein Mensch auf einer hohen Warte, sehe ringsum auf die Erde, wie das die Dichter den Jupiter oft tun lassen, und überschaue nun den ganzen Jammer der Menschheit. Da müßte er sich doch sagen: welch häßlicher Vorgang ist die Geburt, welch mühsames Geschäft die Pflege, wie oft mißhandelt wird doch das Kind, wie lange plagt sich der Mann, wie beschwerlich ist das Alter, wie hart der unvermeidliche Tod; Scharen von Krankheiten dräuen, ein Unglück lauert neben dem andern, ein Mißgeschick ruft dem andern, und alles und jedes trieft von bitterer Galle, zu schweigen von dem Leid, das dem Menschen vom Menschen widerfährt, als da ist Verarmung, Gefangenschaft, Verleumdung, Beschimpfung, Folterqual, Hinterlist, Treubruch, Schmähung, Streit, Betrug – ich bin daran, den Sand am Meer zu zählen. Womit übrigens die Menschen sich das verdient haben, oder welcher Gott in seinem Zorn sie zwang, in dieses Jammertal zu kommen, das darf ich euch hier nicht verraten. Doch wie dem sei – wer all das sähe und sich zu Herzen nähme, würde sich der nicht die milesischen Jungfrauen loben, obwohl sie so kläglich endeten? Welche Leute nun haben am häufigsten den Tod mit eigener Hand herbeigeholt, weil ihnen vor dem Leben ekelte? Waren es nicht die besten Freunde der Weisheit? Ich schweige von Diogenes, Xenokrates, Cato, Cassius, Brutus; aber seht Chiron! Der hätte unsterblich leben können – und bat sich den Tod aus! Da versteht ihr doch wohl, wohin es mit der Welt noch käme, wären die Menschen allesamt weise: dann müßte ein neuer Lehm her, ein neuer prometheischer Töpfer.

Doch meine Schützlinge, die merken nichts oder denken nichts, die vergessen alles Schwere und erhoffen alles Gute, und reichliche Freuden versüßen ihr Dasein. Ja, so nachhaltig wirkt meine Hilfe in all dem Jammer, daß sie auch dann vom Leben nicht scheiden mögen, wenn von ihnen das Leben schon lange geschieden ist; je weniger sie Ursache hätten zu leben, desto größeren Spaß macht es ihnen, und von Überdruß spüren sie nichts. Mir dankt ihrs, wenn ihr seht, wie überall Greise in Nestors Jahren noch guter Dinge sind, Gestalten kaum mehr wie Menschen, stammelnd, schwachsinnig, zahnlos, graubärtig, glatzköpfig oder, wie Aristophanes sagt: »gebeugt, gebrechlich, ungepflegt, zahnlos, kahlköpfig, runzlig, längst ausgebrannt ...«, aber sie freuen sich noch ihres Daseins und nehmen es mit jedem Jungen auf: der färbt die grauen Strähnen, der stülpt auf den Kahlkopf falsche Haare, der leiht sich ein Gebiß – am Ende noch von einer Sau –, der ist kläglich in ein Mägdlein verschossen, und sein albernes Geschäker könnte den jüngsten Fant beschämen; und daß ein alter Kracher, die reinste Mumie, ein blutjunges Ding heiratet, und zwar ohne Mitgift und zu Nutz und Frommen anderer, ist so alltäglich, daß man es nächstens lobenswert findet.

Noch köstlicher sind die Weiber: vor Schwäche schon halbtot und so dürr, daß man meint, sie kämen aus dem Grabe, trällern sie noch immer: »Licht und Leben sind so schön!«; und noch juckt es sie wie die läufigen Hündlein oder Säue. Sie kaufen sich um schweres Geld einen hübschen jungen Burschen, bemalen fleißig die runzlige Haut mit Schminke, weichen vom Spiegel keinen Schritt, roden sich aus, was da unten sprießt, hausieren mit den schlaffen, verwelkten Brüsten, girren und schmachten, den lustlosen Freund zu animieren, trinken über den Durst, tanzen im Reigen bei den Mädchen und kritzeln verliebte Briefchen. Alles lacht und nennt das mit Recht Narretei – sie aber gefallen sich, schweben in eitel Wonne, schwimmen in süßem Glück und sind selig – dank meiner Gnade.

Wem das gar lächerlich vorkommt, soll nur überlegen, ob es gescheiter ist, sich einen Ast zu suchen, um sich aufzuhängen, oder in Torheit dieser Art ein Leben voll süßer Stunden zu genießen. Und meint man, ein solches Benehmen untergrabe den guten Ruf, so hat das für meine Toren wenig zu bedeuten: entweder merken sie nichts von diesem Schaden, oder sie machen sich nichts daraus. Ein Stein auf den Kopf – ja, das wäre wirklich ein Unglück; aber Schimpf, Schande, Schmach, Schelte? Die tun ja doch nur so weit weh, als man sie spürt; spürt man sie nicht, so sind sie gar nichts Schlimmes. Mag einen das ganze Volk auspfeifen, was tut es ihm, wenn er nur selber sich Beifall klatscht? Und daß er das kann, dankt er – der Torheit.

Allein mir ist, ich höre die Philosophen widersprechen. »Unsinn!« rufen sie. »Gerade das heißt doch unglücklich sein: im Banne der Torheit stehen, sich irren, sich täuschen, nichts wissen.« »Gefehlt!« sag ich. »Das heißt Mensch sein!« Warum sie das Wort »unglücklich« brauchen, weiß ich nicht; ihr seid ja nun einmal so geboren, so veranlagt, so gebaut, das ist euer gemeinsames Erbe. Unglücklich aber ist kein Wesen, das seiner Eigenart treu bleibt, man müßte denn darum den Menschen beklagenswert finden, weil er weder fliegt wie ein Vogel, noch auf vier Füßen geht wie andere Geschöpfe, auch nicht mit Hörnern bewaffnet ist wie ein Ochse. Dann muß man aber auch das prächtigste Pferd unglücklich nennen, weil es keine Grammatik gelernt hat und keinen Kuchen frißt, und einen Ochsen unselig, weil ihm die Gymnastik nicht liegt. So wenig nun ein Pferd, das nichts von Grammatik weiß, deshalb unglücklich ist, so wenig ein törichter Mensch; denn Torheit gehört zu seinem Wesen.

Aber wiederum suchen mich die Wortkünstler in die Enge zu treiben. »Als Sondergut«, behaupten sie, »erhielt der Mensch die Wissenschaften, um mit ihrer Hilfe durch die Kraft des Geistes wettzumachen, was die Natur an ihm versäumt hat.« Allein, mir will es nicht einleuchten, daß Mutter Natur, die bei der Erschaffung der Mücken, ja der Gräser und Blümchen die Augen doch wahrlich offen hatte, just dann, als der Mensch an die Reihe kam, geschlafen habe, so daß nun die Wissenschaften einspringen müßten. Nein – die sind von jenem Theut, einem bösen Geist, in teuflischer Absicht ersonnen und alles andere als glückbringend: sie ruinieren gerade das, dem zuliebe sie eigens wollten erdacht sein – so urteilte, wie Plato erzählt, jener scharfsinnige König ganz fein über die Erfindung der Schrift. So schlichen mit den übrigen Quälgeistern des Menschen die Wissenschaften sich in sein Leben ein, und die Hände im Spiel hatten dieselben schlimmen Gesellen, von denen auch sonst alles Böse kommt, die Dämonen (daher sie denn auch ihren Namen haben; er bedeutet »die Wissenden«).

Nämlich jene harmlosen Menschen des goldenen Zeitalters kamen ohne das Rüstzeug der Wissenschaft aus; die Natur allein trieb und leitete sie. Wozu hätten sie auch Grammatik gebraucht, da alle dieselbe Sprache redeten und man mit Sprechen nichts anderes wollte, als sich verständlich machen? Was nützte dort Dialektik, wo es noch keinen Kampf sich befehdender Lehren gab? Was hatte Rhetorik dort zu suchen, wo keiner dem andern am Zeug flickte? Wozu brauchte man im Gesetzbuch beschlagen zu sein, da man nichts wußte von der Schlechtigkeit, die ja die Mutter der guten Gesetze ist? Und ihre fromme Scheu war viel zu groß, als daß sie frech neugierig die Geheimnisse der Natur durchstöbern, Größe, Lauf und Wirkung der Gestirne berechnen und nach dem verborgenen Urgrund aller Dinge hätten bohren mögen. Als Sünde galt es bei ihnen, wenn ein Sterblicher versuchte, weiser zu werden, als ihm beschieden; und gar der Unsinn, zu forschen und zu fragen, was jenseits des Himmels liege, kam ihnen nie in den Sinn. Aber als allmählich die lautere Einfalt des goldenen Zeitalters dahinschwand, wurden zuerst, wie gesagt, von den bösen Dämonen die gelehrten Sachen ersonnen, doch nur wenige, und die fanden nur wenige Liebhaber. Allein dann brachten die abergläubischen Chaldäer und die nichtsnutzigen, faulenzenden Griechen noch tausend andere auf, wahre Folterwerkzeuge für den Geist – genügt doch schon die Grammatik, den Menschen sein Leben lang bis aufs Blut zu quälen.

Jedoch auch von den Wissenschaften gelten am meisten die, welche am nächsten mit dem Menschenverstand, will sagen, der Torheit, verwandt sind; hungern muß der Gottesgelehrte, frieren der Naturforscher, verlacht wird der Sterndeuter und der Logiker verachtet; einzig der Arzt »hält vielen andern die Waage«, um mit Homer zu reden. Aber selbst hier steht es so: je unwissender, frecher, bedenkenloser er ist, desto mehr zieht er, nicht zuletzt an den Fürstenhöfen; die Heilkunst ist eben, zumal wie sie jetzt im Schwange, nichts als ein Scharwenzeln, genau so wie die Schönrederei. Der zweite Rang, wenn nicht der erste, gebührt den Rechtsformelnkrämern. Ihr Gewerbe verhöhnen die Philosophen, um meinerseits nichts zu sagen, einhellig als einen Beruf für Esel; und doch entscheidet die Laune dieser Esel in kleinsten und größten Dingen. Ihnen wachsen die Landgüter aus dem Boden, während der Theologe, der den ganzen Himmelsschrein durchforscht hat, am Hungertuch nagt und sich mit Wanzen und Läusen herumschlägt.

Sind also die Künste, die der Torheit am nächsten stehen, noch am ehesten gesegnet, so ist doch am glücklichsten, wer überhaupt mit keiner Wissenschaft anzubändeln und allein der Natur zu folgen vernünftig genug war; denn sie ist ohne Fehl und Tadel, solange nur der Mensch die von der Allmacht gezogene Grenze nicht überspringen will. Verhaßt ist der Natur alle Mache, und viel besser gedeiht, was keine Kunst verbildet. Oder seht ihr nicht, daß auch von allen andern Geschöpfen am glücklichsten die leben, die gar nichts wissen von Wissenschaft und keinen Schulmeister kennen als die Natur? Wo sind glücklichere, wo wundersamere Wesen als die Bienen? Und doch haben sie nicht einmal alle fünf Sinne. Wo hätte die Baukunst solche Wunder zu zeigen wie sie? Wann hätte ein Philosoph einen solchen Staat organisiert wie sie? Das Pferd hingegen, das der Art des Menschen näher steht und darum bei ihm Quartier nahm, bekommt nun auch an den Nöten des Menschen seinen Teil. Denn wie manches bricht beim Wettrennen mit fliegenden Flanken zusammen, weil es sich schämt, überholt zu werden, und wie manches fällt mit durchbohrtem Leib auf dem Schlachtfeld, weil es ehrgeizig dem Siege nachjagte, und muß mitsamt dem Reiter ins Gras beißen! Noch nichts ist dabei gesagt von dem scharfen Zaum, den stechenden Sporen, dem Kerker des Stalls, nichts von Peitsche, Stock und Fesseln, nichts von dem, der ihm auf dem Nacken sitzt, kurz, von allem Fluch der Knechtschaft, der es sich freiwillig unterwarf, weil es wie ein richtiger Kriegsheld seinen Feind allzuhart züchtigen wollte. Da lobe ich mir das Dasein der Fliegen und der Vögelein!

Die leben, wie es kommt, bloß nach dem Instinkt, solange sie der Mensch nicht fängt. Sitzen sie dann aber im Käfig und lernen Menschenlaute von sich geben, so geht ihr frischer Reiz gründlich verloren; denn allerwegen ist viel erfreulicher, was Natur gemacht hat, nicht fälschende Kunst. Tausendmal recht hat darum jener treffliche Hahn Pythagoras: der war schon alles gewesen – Philosoph, Mann, Weib, König, Privatmann, Fisch, Pferd, Frosch, Schwamm – und erklärte doch, kein Geschöpf sei so unglücklich wie der Mensch, weil alle andern sich mit den natürlichen Grenzen zufrieden gäben, er aber die Schranken seines Wesens zu durchbrechen versuche. Unter den Menschen wieder zieht er in vielen Stücken die unwissenden den gelehrten und bedeutenden vor. Auch jener Gryllus war beträchtlich klüger als der viellistige Odysseus, weil er lieber im Kofen der Kirke grunzen wollte, als mit dem Helden so manchem bösen Abenteuer entgegenfahren. Nicht anderer Meinung scheint mir Homer, der Fabeleien Vater, zu sein, bezeichnet er doch gern die Menschen alle als arm und geplagt; im besondern aber nennt er seinen Odysseus, das Muster eines Weisen, oft unselig, den Paris hingegen nie, nie den Ajax, nie den Achill. Und warum? Einfach, weil jener Pfiffikus und Ränkeschmied nichts tat, ohne auf Athene zu hören, zu viel Verstand besaß und sich das Gängelband der Natur nach Kräften vom Leibe hielt. Wenn also unter den Menschen die Jünger der Weisheit dem Glück am fernsten stehen – doppelte Toren, die, obschon Sterbliche, gleich den Unsterblichen leben wollen und gleich neuen Giganten mit dem schweren Geschütz der Wissenschaften gegen die Natur zu Felde ziehen –, so werden am wenigsten unglücklich die sein, welche tierischer Art und Torheit am nächsten kommen und an nichts denken, was über Menschenverstand geht. Versuchen wir, ob wir auch das statt mit verzwickten logischen Schlüssen an einem faßlichen Beispiel zu beweisen vermögen.

Alle Götter sollen mich strafen, wenn es etwas Glücklicheres gibt als den Menschenschlag, den man mit den Titeln Narr, Tor, Esel, Gimpel und ähnlichen für mich allerliebsten Namen bezeichnet. Das scheint euch vielleicht auf den ersten Blick eine dumme und ungereimte Behauptung, und doch trifft sie den Nagel auf den Kopf. Denn erstens: unbekannt ist diesen Leuten die Furcht vor dem Tode – weiß Gott, eine schlimme Sache –, unbekannt ein quälendes Gewissen; die Märchen von den Toten ängstigen sie nicht, Gespenster und Geister schrecken sie nicht; keine Furcht vor drohendem Unglück martert sie, keine Erwartung kommenden Glückes foltert sie; kurz, die tausend Sorgen, die diesem Leben zusetzen, schlagen ihnen keine Wunden. Sie kennen nicht Scham, nicht Scheu, nicht Ehrgeiz, nicht Neid, nicht Verlangen, und schließlich, wenn sie fast so stumpf sind wie das liebe Vieh, sind sie – fragt nur die Theologen – zur Sünde selbst unfähig. Sei nun so gut, du dummer Weiser, und erwäge, wieviel Angst und Sorge auf dein Herz Tag und Nacht einstürmt und es zermartert, trag alles Weh und Leid deines Lebens auf einen Haufen zusammen – dann wirst du endlich erkennen, wieviel Schweres ich meinen Dummköpfen erspare.

Und nicht nur sie selbst sind in einem fort lustig und scherzen, trällern und lachen; auch jedem andern, wohin sie kommen; bringen sie Behagen, gute Laune, Unterhaltung und Fröhlichkeit mit: man möchte glauben, die Güte der Götter habe sie just dazu der Welt geschenkt, daß in den düstern Ernst des menschlichen Lebens ein Sonnenstrahl scheine. Kein Wunder also, daß sonst zwar gar nicht jeder einem jeden gefällt, in einem Toren aber der eine wie der andere ein Kind vom eigenen Fleisch und Blute sieht. Alles will ihn um sich haben, ihn füttern, streicheln, umarmen; alles eilt herbei, ist ihm etwas zugestoßen; ungestraft darf er sagen und tun, was er will. Und wie es keinen Menschen reizt, ihn zu kränken, so lassen ihn auch die wilden Tiere in Ruhe: sie wittern sozusagen seine Unschuld.

Die Toren gehören eben auch wirklich den Göttern, vor allem mir, und darum sind sie mit Recht bei jedermann angesehen. Die mächtigsten Könige sogar haben an ihnen die größte Freude, und mancher könnte ohne seinen Narren keinen Bissen zu sich nehmen und keinen Schritt tun, ja, er hielte es ohne ihn überhaupt keine Stunde aus. Darum steht aber auch der Mann in der Schellenkappe beträchtlich höher im Rang als die griesgrämigen Herren im Doktorhut, deren zwei oder drei man sich schandenhalber freilich auch hält. Warum er aber höher steht, ist kein Rätsel und kein Wunder. Jene Weisen haben ihren Fürsten nur langweiliges Zeug auszukramen, und, trotzend auf ihr Wissen, scheuen sie sich nicht, recht oft »in empfindliche Ohren die Lauge der Wahrheit zu spritzen.« Bei den Narren aber finden die Herren das, worauf allein sie Jagd machen, wo und wie es sei: Unterhaltung, Gelächter und Zeitvertreib.

Und noch eine unverächtliche Gabe der Toren: sie allein sind aufrichtig und wahrhaft. Was aber lobt man mehr als Wahrheit? Denn wenn auch Alkibiades, wie Plato weiß, die Wahrheit nach dem Sprichwort im Wein und bei den Kindern finden will, so kann ich doch dies verdienstliche Ding besonders für mich beanspruchen, wie mir Euripides mit seinem bekannten Wort bezeugt: »Törichtes spricht der Tor.« Denn was der Narr im Herzen trägt, steht auf seinem Gesicht geschrieben und tut sein Mundwerk allen kund; die Weisen aber sind es nach dem gleichen Euripides, die jene zwei Zungen besitzen, mit der einen die Wahrheit zu sagen, mit der andern das, was ihnen nach den Umständen paßt; sie sind es, die Schwarz in Weiß verwandeln, aus demselben Munde kalt und warm blasen und im Herzen ganz anders denken, als ihre Rede es glauben macht. So scheinen mir die Fürsten bei aller Herrlichkeit darin doch recht arme Menschen zu sein, daß sie niemand haben, von dem sie die Wahrheit hören, und Schmeichler für Freunde nehmen müssen.

Aber Fürsten wollen ja, wird man mir einwenden, die Wahrheit nicht hören, und eben darum gehen sie jenen Weisen aus dem Wege, aus Angst, auf einen gar zu freimütigen zu stoßen, der ihnen sagt, was mehr wahr als angenehm ist. Ganz richtig: verhaßt ist Königen Wahrheit. Doch nun kommt das Merkwürdige: aus dem Munde meiner Narren hören sie nicht bloß Wahrheit, nein auch Grobheit mit wahrer Wonne an; was einem Weisen den Kopf kostete – spricht es der Narr aus, so macht es ihnen unglaublich Spaß. Denn es wirkt ein ursprünglicher Zauber in der Wahrheit, sobald sie nicht verletzt; aber diese Gnade schenken die Götter nur den Dummen. Daher wohl auch haben die Frauenzimmer eine besondere Schwäche für diese Menschen, zumal ihr eigenes Wesen schon zu Fröhlichkeit und Schabernack neigt; und was sie mit solchen Leutchen treiben, das heißen sie ein lustiges Spiel, auch wenn es oft nur zu sehr Ernst wird – ist doch das schöne Geschlecht erfindungsreich, namentlich wenn es gilt, seine Sünden zu bemänteln. Um nun wieder auf das Glück der Toren zu kommen: ist ihr Leben voll Freude genossen, dann wandeln sie, ohne den Tod zu fürchten oder zu spüren, stracks in das Elysium, auf daß sie dort die feiernden Seligen mit ihren lustigen Einfällen unterhalten. Wohlan, vergleichen wir jetzt auch des größten Weisen Schicksal mit dem unserer Narren; denkt euch ein Muster von Weisheit und stellt es neben ihn. Das wird ein Mann sein, der Kindheit und Jugend zerrinnen ließ ob dem Studium aller Wissenschaft und die köstlichste Lebenszeit mit ewigem Wachen und Grübeln und Arbeiten sich vergällte, aber auch später sein Leben lang nicht ein Schlückchen aus dem Freudenbecher sich gönnte, ein Mann, der allezeit sparsam, arm, vergrämt, verschlossen, gegen sich hart und streng, den Mitmenschen lästig und zuwider, bleich, abgezehrt, krank und halbblind, schon lange vor der Zeit gealtert und ergraut, vor der Zeit aus dem Leben sich davonmacht – was hat es auch zu sagen, wann einer stirbt, der niemals lebte? Das ist das Bild des Weisen!

Aber wieder höre ich jetzt die Frösche aus der Stoa mir entgegenquaken:»Nichts jammervoller als der Wahnsinn; und ungewöhnliche Torheit grenzt an Wahnsinn, ja sie ist schon Wahnsinn; denn was anderes heißt wahnsinnig, als von Sinnen sein?« Allein die Herren sind auf dem Holzwege, und auch diesen Satz wollen wir gründlich zerzausen, wenn uns die Musen helfen.

Scharfsinnig sind sie; doch sollten sie sich ein Beispiel an Sokrates nehmen, der bei Plato die eine Aphrodite und den einen Eros zerschnitt und je zwei daraus machte, und müßten, Dialektiker wie sie sind, Wahn und Wahn unterscheiden, wollen sie selbst für vernünftig gelten. Denn nicht jeder Wahn ist gleich ein Unglück, sonst hätte weder Horaz gesagt: »... oder täuscht mich lieblicher Wahn?«, noch hätte Plato die Besessenheit der Dichter, der Seher und der Liebenden zu den herrlichsten Gaben des Lebens gerechnet, noch hätte die Sibylle den Gang des Aeneas in die Unterwelt eine Tat des Wahns genannt. Es gibt eben zwei Arten Wahn. Den einen senden die schrecklichen Göttinnen der Rache aus der Tiefe empor, wenn sie ihre Nattern in die Menschenbrust schlüpfen lassen – Kriegslust, unersättliche Goldgier, entehrende und sündige Liebe, Vatermord, Blutschande, Tempelraub und derlei Scheußlichkeiten, oder wenn sie auf das böse Gewissen des Sünders die Furien hetzen, die fackelschwingenden Schreckensgespenster. Es gibt aber noch einen zweiten, ganz anders gearteten Wahn; der kommt von mir und ist das Herrlichste, was man sich wünschen mag. Er stellt sich ein, wenn holde Täuschung das Herz vom Druck der Sorgen erlöst und mit reichem Glück überschüttet. Diese Täuschung, ein wahres Göttergeschenk, sehnt Cicero herbei – so schreibt er seinem Atticus –, damit er sein Herzeleid los würde. Auch jener Argiver war gar nicht auf den Kopf gefallen: der saß tagelang im leeren Theater allein und lachte, klatschte und belustigte sich, in der Einbildung lebend, man spiele dort die wunderbarsten Stücke, während die Bühne doch leer war. Er stellte im Leben sonst seinen Mann,

> »ein lieber Freund, ein rücksichtsvoller Gatte,
> Begriff es, wenn ein Knecht gesündigt hatte,
> Und tobte nicht, fand er den Wein getrunken.«

Als ihn die besorgten Verwandten durch Arzneien geheilt hatten und er wieder völlig bei sich war, haderte er mit ihnen:

> »Zu Tode habt ihr mich kuriert, ihr Lieben,
> Die ihr mir jetzt den Wahn habt ausgetrieben
> Und mir geraubt, was einst mein Glück gewesen.«

Er hatte recht: sie selbst waren auf dem falschen Wege und hatten eher eine Nieswurzkur nötig als er, da sie vermeinten, einen beglückenden, holden Wahn wie ein schlimmes Leiden mit heilsamen Tränklein vertreiben zu müssen. Dabei steht mir noch gar nicht fest, ob jeder Irrtum der Sinne oder des Geistes überhaupt als Wahnsinn zu bezeichnen sei. Sieht nämlich ein Kurzsichtiger ein Maultier für einen Esel an oder bewundert einer ein geschmackloses Gedicht wie ein Kunstwerk, so wird man nicht gleich von Wahnsinn reden. Erst wenn mit den Sinnen und dem Gefühl auch das Urteil des Verstandes sich täuscht, dazu noch über die Maßen und dauernd, dann wird man sagen, der Mensch sei dem Wahnsinn nahe, also wenn einer, so oft ein Esel schreit, das schönste Konzert zu hören meint, oder wenn ein armer Schlucker, gemeiner Leute Kind, sich für den König Krösus hält. Schlägt aber ein solcher Wahn, wie das meistens der Fall, in Glücksgefühl um, so macht er nicht geringen Spaß, bald mehr dem, den er beherrscht, bald mehr den andern, die zusehen, selbst aber noch nicht soweit sind. Er ist nämlich verbreiteter, als man denkt; nur lacht eben ein Verrückter über den andern, und beide amüsieren sich gegenseitig; ja, nicht selten könnt ihr sehen, daß der größere Narr den kleinern lauter verlacht. Aber so ists: je reicher die Narrheit, desto größer das Glück – so lautet mein, der Torheit Urteil, sofern es bei dem Wahne bleibt, der meine Spezialität ist. Doch der findet sich allerorten, und in der ganzen Menschheit gibt es kaum einen, der zu allen Zeiten richtig im Kopf wäre und nicht auch seinen Sparren hätte. Nur darauf kommt es an: wer einen Kürbis für eine Frauensperson hält, heißt verrückt, weil das nur wenigen passiert; schwört aber einer, sein Weib, in das er mit manchem sich zu teilen hat, sei treuer als Penelope, und brüstet er sich damit über die Maßen – wohl ihm in seinem Wahne! –, so nennt ihn niemand verrückt, denn solche Männer trifft man auf Schritt und Tritt.

Dahin gehören auch die, denen das Höchste die Jagd ist, und die behaupten, es tue ihnen unglaublich wohl, wenn jenes abscheuliche Tuten der Hörner und das Geheul der Meute losgeht – ich glaube auch, der Kot der Hunde duftet ihren Nasen wie Zimt. Und welcher Genuß, das Wild auszuweiden! Ochsen und Hämmel darf die Plebs ausnehmen, aber Wild zerlegen nur der Edelmann. Mit entblößtem Haupt, gebeugtem Knie, in der Hand das diesem Dienste geweihte Messer – um Gotteswillen kein anderes! ? beginnt er, mit bestimmten Gesten bestimmte Teile in bestimmter Folge feierlich zu zerlegen. Staunend umringt ihn die Gesellschaft, andächtig schweigend, wie wenn sie solches noch nie gesehen hätte – und hat es schon tausendmal gesehen. Wem erst noch vergönnt war, das Wildpret verspeisen zu helfen, bildet sich gar ein, er habe an Adel beträchtlich zugenommen. Es frommt ihnen freilich wenig, ihr Leben lang Tiere zu hetzen und zu verzehren: sie vertieren nur selber schier; aber was tuts? Sie glauben doch, wie Könige zu leben.

Ganz ähnlich ist es bestellt mit denen, die das Baufieber haben. Heute muß das Runde viereckig, morgen das Viereckige rund werden, und so weiter ohne Maß und Ende, bis sie bettelarm dastehen, kein Dach über dem Kopf, keinen Bissen auf dem Tisch. Was dann? Nun, ein paar Jahre sind doch herrlich verlebt.

In ihre nächste Nachbarschaft scheinen die Leute zu gehören, die mit neuen, schwarzen Künsten die Gestalt der Dinge zu verwandeln gedenken und bis ans Ende der Welt auf ein fünftes Element Jagd machen. Beseligt von süßer Hoffnung scheuen sie weder Mühe noch Kosten, und mit erstaunlicher Findigkeit hecken sie immer wieder etwas aus, sich von neuem damit zu betrügen und sich die Täuschung genußreich zu gestalten, bis alles dahin ist und es auch zum kleinsten Ofen nicht mehr reicht. Aber deswegen hören sie nicht auf, ihre süßen Träume zu träumen, und ermuntern nach Kräften andere, dasselbe Glück zu versuchen. Und wenn sie letzten Endes von aller Hoffnung verlassen sind, bleibt ihnen als sicherer Trost der Satz: »Hast du Großes gewollt, lobt dich der Wille genug.« Dann schelten sie, das Leben sei so kurz und die Kunst so lang.

Auch die Würfelspieler zu unserer Gesellschaft zu zählen, habe ich einige Bedenken. Immerhin ist es ein tolles und lächerliches Schauspiel, eine Menge Leute so willenlos von ihrer Leidenschaft gemeistert zu sehen: kaum hören sie die Würfel klappern, so klopft und hüpft ihr Herz.

Hat dann die immer winkende Hoffnung auf Erfolg das Schifflein mit ihrer Habe an der Kante des Würfels zum Scheitern gebracht – das ist eine viel gefährlichere Klippe als Kap Malea –, und haben sie aus dem Schiffbruch kaum das nackte Leben gerettet, so suchen sie lieber an jedem andern sich schadlos zu halten als an dem Gewinner – man könnte sonst an ihrem Charakter zweifeln. Und noch Greise, halbblind, durch Glasaugen guckend, sitzen hin und machen ihr Spielchen; und hat endlich die wohlverdiente Gicht ihre Finger verkrümmt, so kaufen sie sich einen Gehilfen, der die Würfel für sie in den Becher wirft. Das alles ist zwar ganz hübsch; nur entartet dieses Spiel meist zur Wut und ist dann nicht mehr meine, sondern der Furien Sache.

Ohne Zweifel dagegen sind von unserm Fleisch und Blut die Leute, die fürs Leben gern Wundergeschichten und Schauermären anhören oder auskramen. Sie bekommen nie genug, so oft einer gruselige Dinge von Erscheinungen, Geistern, Gespenstern, Gerippen und anderm Spuk zum besten gibt; je toller die sind, um so lieber werden sie geglaubt, um so wonniger kitzeln sie die Ohren. Und man vertreibt sich dabei nicht bloß die Zeit ganz herrlich; es trägt auch etwas ein, besonders den Priestern und Predigern.

Verwandt sind die, welche den törichten, doch beruhigenden Glauben sich beigelegt haben, wer die geschnitzte oder gemalte Polyphemsgestalt des Christophorus anschaue, sei selbigen Tages gegen den Tod gefeit, oder wer eine steinerne Barbara mit den vorgeschriebenen Worten grüße, werde unverletzt aus der Schlacht heimkommen, oder wer dem Erasmus an bestimmten Tagen mit bestimmten Kerzchen mit bestimmten Gebetlein nahe, sei im Nu ein gemachter Mann.

In dem Ritter Georg haben sie einen Herkules entdeckt – so gut sie einen zweiten Hippolytus haben –; sein Roß behängen sie in gar frommer Verehrung mit Zierat aller Art – sie beten es nächstens noch an –, und jeden Augenblick warten sie ihm mit einem neuen Geschenklein auf; ein Eid bei dem ehernen Helm des Heiligen gilt was ein Königswort.

Und andere erst! Die bauen auf vermeintlichen Ablaß ihrer Sünden und fühlen sich dabei schon im Himmel; die Dauer des Fegfeuers berechnen sie wie mit der Uhr auf Jahrzehnt, Jahr, Monat, Tag und Stunde genau, wie nach der Rechentabelle, fehlerlos.

Andere zählen auf gewisse zauberkräftige Zeichen und Sprüchlein, die ein frommer Betrüger zu seiner Belustigung oder zum Erwerb ersonnen hat, und versprechen sich davon unendlichen Segen: Reichtum, Ehren, Freuden der Liebe und der Tafel, unverwüstliche Gesundheit, langes Leben, jugendfrisches Alter und am Ende im Himmel den nächsten Platz neben Christus; freilich wünschen sie den recht spät einzunehmen: erst wenn die Lust dieser Welt sich ihrer verzweifelten Umklammerung doch noch entwunden hat, dann sollten zum Ersatz jene himmlischen Wonnen beginnen. Ein Kaufmann etwa, ein Soldat, ein Richter wirft da von seinem großen Raub einen Pfennig hin und glaubt nun mit einem Male den ganzen Sündenpfuhl seines Lebens ausgefegt, glaubt jeden Meineid, jedes Laster, jeden Streit, jeden Totschlag, jeden Wortbruch, jeden Betrug, jeden Verrat gleichsam vertraglich wiedergutgemacht, und zwar so gründlich, daß er gleich eine neue Serie von Sünden anfangen dürfe. Nichts einfältiger aber – nein, nichts glücklicher als die, welche meinen, sobald sie jeden Tag die bewußten sieben Verslein aus den heiligen Psalmen hersagten, sei ihnen die höchste Seligkeit sicher; und zwar hat diese wunderwirkenden Verse, wie man da glaubt, dem heiligen Bernhard ein Teufel verraten, ein Teufel nicht ohne Witz, aber eher ein Schwätzer als ein Schlaukopf und der List nicht gewachsen, der Arme. Und so törichtes Zeug, darob ich fast selbst erröte, findet Gläubige, nicht nur beim Volk, auch unter den Lehrern der Religion. Hieher gehört es wohl auch, wenn jeder Ort einen eigenen Heiligen in Beschlag nimmt, wenn sie jedem seine Aufgabe anweisen und jedem seinen Kult zuteilen: bei Zahnweh eilt dieser herbei, Gebärenden steht jener zur Seite, ein anderer scharrt gestohlenes Gut wieder her, dieser erscheint als Retter in Seenot, jener beschützt die Herden, und so weiter – denn alles herzuzählen brauchte eine Ewigkeit.

Einige sind für mehrere Dinge gut, ganz besonders die jungfräuliche Gottesmutter, der das Volk fast mehr zutraut als ihrem Sohne.

Was wollen nun die Menschen von diesen Heiligen? Nichts, worin nicht die Torheit eine Rolle spielte. Habt ihr auf einer der vielen hundert Votivtafeln, die alle Wände, ja die Decke mancher Gotteshäuser tapezieren, je einen Menschen schildern sehen, wie er der Torheit entronnen oder eine Idee gescheiter geworden ist? Der rettete sich schwimmend ans Land. Der hatte eine Lanze im Leib und kam davon. Dem gelangs, während die andern sich wehrten, sich mit Glück und Schneid vom Schlachtfeld zu drücken. Der hing schon am Galgen: da fiel er wieder herab – gedankt seis einem spitzbubenfreundlichen Heiligen –, um auch weiter noch manchen vom Geld schwer geplagten Mann zu erleichtern. Der brach aus dem Kerker aus. Der erholte sich rasch, zum Ärger des Arztes, von seinem Fieber.

Der hatte Gift bekommen: das öffnete ihm den verstopften Leib und war sein Glück, nicht sein Tod, zur mäßigen Freude seiner Frau, die nun vergebens Mühe und Kosten gehabt. Der leerte mit dem Lastwagen um und brachte die Rosse heil davon. Der war verschüttet und blieb am Leben. Der wurde vom Ehemann überrascht und drehte ihm doch eine Nase. Nicht einer dankt für Austreibung der Torheit! So schön ist es, einfältig zu sein; alles andere wünschen sich die Menschen vom Halse, nur nicht

sie. Allein wozu mich auf dieses Meer von Aberglauben hinauswagen?

> »Spräch ich mit hundert Zungen aus hundertfältigem Munde,
> Wär meine Stimme wie Erz – unmöglich könnte ich nennen
> Jegliche Torengestalt und jeglichen Namen der Torheit.«

Es wimmelt nämlich von Albernheiten dieser Art im Leben des Christenvolkes, und die Priester dulden sie ohne Bedenken und züchten sie, weil sie wohl wissen, welch hübsches Geschäftchen man damit macht.

Nun denkt euch, es träte in diese Gesellschaft ein solch ekliger Weiser und spielte ihr nach der richtigen Melodie auf: »Dein Ende wird gut, war dein Leben gut; der Sünden wirst du ledig, bringst du als Opfer zum Geldstück auch Reue über deine Missetaten dar und Zähren und Wachen und Gebete und Fasten, und beginnst du ein neues Leben; der Heilige da wird dich schützen, nimmst du seinen Wandel zum Muster.«
Würde, sage ich, ein Weiser mit solchem Gebelfer sie anfahren – es wäre ein Jammer, wie da die Menschen plötzlich aus allen Himmeln in die Hölle der Verzweiflung stürzten!

Zu dieser Bruderschaft gehören auch die Leute, die schon bei Lebzeiten den Pomp ihres Begräbnisses bis ins kleinste regeln: umständlich schreiben sie vor, wieviele Fackeln, wie viele Schwarzröcke, wie viele Sänger, wie viele Heuler von Beruf sie dabei haben wollen, als ob sie selbst noch etwas von dem Schauspiele hätten oder im Grabe erröten müßten, würde ihre Leiche nicht glanzvoll versenkt. Sie nehmen es dabei so genau, wie wenn sie als Aedilen in Rom Festspiele und Schmause veranstalten sollten.

Bevor ich weiter eile, nur rasch noch ein Wörtlein von den bekannten Herren, die dem ärgsten Knoten nichts nachgeben, aber sich Wunder was auf ein windiges Adelsprädikat einbilden. Der eine führt seinen Stammbaum auf Aeneas zurück, ein anderer auf Brutus, ein dritter gar auf den Arcturus am Himmel. Sie stellen Statuen und Bilder ihrer Vorfahren an allen Ecken zur Schau, sie zählen ihre Urgroßväter und Urahnen und machen sich wichtig mit alten Namen und Titeln. Dabei sind sie fast selber so stumm und dumm wie eine Statue und bösartiger schier als die Wappentiere, mit denen sie prunken. Allein in ihrer süßen Einbildung ist ihnen herrlich wohl; auch fehlt es nicht an ebenso dummen Anbetern, die vor dieser Art Bestien wie vor Göttern auf die Knie fallen.

Doch was rede ich hier nur von der einen und der andern Sorte! Auf Schritt und Tritt begegnet man ja Menschen, welche die Einbildung wunderbar zu beglücken weiß. Der ist häßlicher als der häßlichste Affe – sich selber kommt er schön wie Nireus vor. Ein anderer hat kaum erst drei Kreise mit dem Zirkel geschlagen und hält sich schon für einen Euklid. Ein dritter benimmt sich wie der Esel vor der Harfe, und von seinem Gesange könnte man sagen:

>»Der stolze Gatte, der die Hennen pickt,
>Kein solch Geschrei zum Morgenhimmel schickt.«

Doch er selbst glaubt ein Meister wie Hermogenes zu sein. Aber wißt ihr, was das Hübscheste ist und dabei gar nicht so selten? Das ist ein Mensch, der mit den Gaben seiner Leute prahlt, als wäre er der Begabte. Solch ein doppelter Glückspilz war jener Reiche des Seneca: der nahm sich stets ein paar Sklaven mit, die ihm beim Geschichtenerzählen die Namen einbliesen. Er hätte sich auch jedem Boxer gestellt, wiewohl er auf dem letzten Loche pfiff: er verließ sich auf seine riesenstarken Knechte daheim. Wozu hier von den Künstlern nur ein Wort sagen? Was sie ja alle auszeichnet, ist just die Selbstgefälligkeit, und eher ließe sich einer Haus und Hof absprechen als sein Talent, besonders was Schauspieler, Sänger, Redner und Dichter sind: je weniger einer kann, desto frecher belobigt er sich, desto stolzer geht er einher, macht er sich breit. Und nun weiß man: jedes Kraut hat seinen Fresser, oder anders: je ärger der Schund, desto stärker der Beifall; zieht doch stets das Geringste am meisten, denn, wie ich sagte, die Mehrzahl der Menschen ist eingeschworen auf die Torheit. Wenn also dem größten Stümper der größte Erfolg bei sich selbst und beim Publikum in den Schoß fällt, wozu sollte sich einer noch gründlich schulen? Schulung kostet Geld, macht unnatürlich und befangen und findet schließlich nicht halb soviel Anklang.

Nun sehe ich aber, daß die Natur nicht bloß dem Einzelnen seinen Dünkel, sondern auch jeder Nation, um nicht zu sägen jeder Stadt, einen Gesamtdünkel eingepflanzt hat. Drum wollen die Engländer wissen, neben anderm finde man Schönheit, Musik und einen guten Tisch nur bei ihnen. Die Schotten sind stolz auf ihren Adel und auf die Verwandtschaft mit dem Königshaus, aber auch auf ihre dialektischen Kniffe. Die Franzosen haben die Höflichkeit gepachtet. Die Pariser maßen sich in der Theologie eine besondere Meisterschaft an und lassen kaum jemand neben sich gelten. Die Italiener haben Literatur und Beredsamkeit an sich gerissen und schmeicheln sich alle, auf der ganzen Welt die einzigen Nichtbarbaren zu sein, zumal die Römer, die noch immer von jenem alten Rom träumen. Die Venezianer beglückt der Glaube an ihre Vornehmheit. Die Griechen spielen sich als die Erfinder der Wissenschaften auf und machen viel Wesens aus ihren alten berühmten Helden. Der Türke und die ganze echte Barbarenbande wähnt gar, die beste Religion zu haben, und verlacht die Christen als abergläubisch.

Die Juden – noch köstlicher – warten auch jetzt noch unentwegt auf ihren Messias und halten an ihrem Moses bis heute krampfhaft fest. Die Spanier gönnen keinem den Heldenlorbeer. Die Deutschen trutzen auf ihre Hünengestalt und die Kenntnis der Magie. Kurz und gut: ihr seht wohl schon, wieviel Freude dem Einzelnen und der gesamten Menschheit die Selbstgefälligkeit schenkt.

Von ähnlicher Art ist ihre Schwester Schmeichelei: jene nämlich ist am Werk, wenn einer sich selber streichelt; tut er es einem andern, steht diese hinter ihm. Freilich genießt sie heute keinen guten Ruf, aber doch nur bei denen, die sich an den Namen statt an die Sache halten. Sie meinen, mit der Schmeichelei stehe die Treue auf schlechtem Fuße, und doch könnten sie schon von den Tieren lernen, daß dem nicht so ist: keines schmeichelt so wie der Hund, aber welches ist so treu? Keines karessiert so wie das Eichhörnchen, aber welches ist dem Menschen so zugetan? Oder meint ihr, mit reißenden Löwen, wilden Tigern, fauchenden Panthern wäre ihm besser gedient? Es gibt zwar eine bösartige Schmeichelei, mit welcher hinterlistige, hämische Gesellen ihre armen Mitmenschen ins Verderben locken; aber von dieser Art ist meine nicht. Sie stammt aus der Herzensgüte und Unverdorbenheit und steht der Tugend viel näher als ihr Gegenstück, die Strenge und die, wie Horaz sagt, kratzbürstige und unfreundliche Schroffheit. Sie richtet den Niedergeschlagenen auf, tröstet den Traurigen, stupft den Saumseligen, weckt den Stumpfsinnigen; Krankheit erleichtert sie, Trotz bricht sie, Liebesbande knüpft sie und schon geknüpfte festigt sie; sie weiß die Jungen zum Lernen anzuspornen, die Alten zu erheitern, die Fürsten ohne Kränkung, im Gewande des Lobes, zu ermahnen und zu belehren, kurzum: sie bringt es zuwege, daß jeder sich selbst angenehmer und wertvoller wird – und das macht beim Glück ja die Hauptsache aus.

Und wie selbstlos ist es doch, wenn ein Esel dem andern kraut! Vergessen wir auch nicht, daß die Schmeichelei eine große Rolle in der löblichen Redekunst spielt, eine größere noch in der Heilkunst, die größte in der Poesie, und daß sie überhaupt den Verkehr der Menschen versüßt und würzt.

Aber sich täuschen zu lassen, sagt man, ist schlimm. Nein, sich nicht täuschen zu lassen, das ist das Allerschlimmste. Es ist nämlich allzu töricht, wenn man glaubt, auf den Dingen selbst beruhe das menschliche Glück: von den Meinungen hängt es ab. Denn über den menschlichen Dingen liegt so tiefes Dunkel, und so wirrer Wechsel herrscht in ihnen, daß man nichts klar erkennen und wissen kann, wie mit Recht meine Akademiker sagen, diese denkbar anspruchslosesten Philosophen. Kann man aber einmal etwas wissen, so stört die Erkenntnis oft das Behagen, und schließlich ist der Mensch so angelegt, daß ihm der Schein mehr zusagt als die Wirklichkeit. Wer darauf gründlich und bequem die Probe machen will, gehe nur in eine Kirche zur Predigt. Wird dort ein ernstes Wort gesprochen, so schläft alles oder gähnt und findet es langweilig zum Erbrechen. Beginnt aber der Mann auf der Kanzel nach lieber Gewohnheit ein Altweibergeschichtchen, dann erwachen sie alle, sitzen auf und verschlingen ihn schier. Oder nehmt einen Heiligen mit einer unterhaltsamen, poetischen Legende, wie den Georg, den Christophorus, die Barbara – ihr werdet sehen, daß der viel fleißiger verehrt wird als Petrus oder Paulus oder selbst Christus. Doch schweigen wir hier davon.

Wie billig ferner ist diese Art, Glück zu erwerben! Die Dinge selbst nämlich kosten sehr oft schwere Mühe, auch die wertlosesten wie die Grammatik; das Meinen aber erwirbt man spielend, und doch trägt es ebensoviel, wenn nicht mehr, zum Glücke bei. Zum Exempel: da ißt einer stinkenden Pökelhering – schon der Geruch schlüge einen andern um; ihm aber schmeckt er nach Ambrosia – ich bitte euch: was kommt darauf für sein Glück an?

Umgekehrt: wem Lachs den Magen umdreht, was nützt er dem zum Lebensgenuß? Wer eine sündhaft häßliche Frau hat, aber meint, sie könne es mit der Venus aufnehmen, hätte der mehr davon, wäre sie wirklich eine Schönheit? Wenn einer ein Brett, das mit Rot und Gelb beklext ist, entzückt beschaut, weil er glaubt, Apelles oder Zeuxis habe das gemalt, wird der nicht glücklicher sein als einer, der ein Original dieser Künstler teuer erstand, um vielleicht an dem Anblick nicht halb soviel Freude zu haben? Ich kenne einen Mann meines Namens, der seiner Frau zur Hochzeit ein falsches Geschmeide verehrte, wobei ihr der zungenfertige Spaßvogel weis machte, es sei echt, ja außergewöhnlich, unschätzbar wertvoll. Sagt mir: was kam für das junge Wesen, das Auge und Herz an den Glasperlen nicht weniger labte, darauf an, ob es Schund oder einen köstlichen Schatz verwahrte und einschloß? Der Gatte aber sparte sich die Auslage, belustigte sich am Irrtum seiner Frau und erntete doch nicht weniger Dank, als wenn er etwas Teures geschenkt hätte. Glaubt ihr, zwischen den Menschen, die in der Höhle des Plato bloß die Schatten und Abbilder der verschiedenen Dinge sehen und bewundern, und dem Weisen, der, aus der Höhle getreten, die Dinge selbst erblickte, sei ein Unterschied, falls nur die drinnen nichts anderes wünschen und zufrieden mit sich sind? Hätte der Schuster Mikyllos, von dem Lukian erzählt, seinen Traum von Reichtum und Gold in Ewigkeit träumen dürfen, warum sollte er sich ein anderes Glück wünschen? Nein, da ist kein Unterschied, und wenn doch, so haben die Toren den Vorteil; denn erstens kostet sie ihr Glück nur eine Kleinigkeit – ein bißchen Einbildung – und zweitens genießen sie es in zahlreicher Gesellschaft. Besitz macht aber erst Freude, wenn man ihn teilt. Wer weiß nun nicht, wie verschwindend klein die Zahl der Weisen ist, sofern es überhaupt solche gibt? Aus so viel Jahrhunderten bringen die Griechen ganze sieben zusammen, und ich wette meinen Kopf: sieht man genauer zu, so findet man kaum einen Halb- oder Drittelweisen.

An dem vielgepriesenen Bacchus schätzt man mit Recht ganz besonders, daß er die Sorgen aus dem Herzen schwemmt. Und doch dauert die Herrlichkeit nur kurz, denn ist das Räuschlein ausgeschlafen, kommen in hellem Galopp die lästigen Gedanken zurückgesprengt. Wieviel reicher sind da meine Geschenke und wieviel länger halten sie an! Ewiger Rausch, ewige Freuden, Wonnen, Triumphe füllen die Brust, und zwar ohne Kosten und Mühe. Auch lasse ich keinen unbeschenkt ziehen, während die übrigen Gottheiten nur den oder jenen bedenken. Nicht überall wächst ein edler und milder Wein, so einer, von dem man sagen kann:

> »Er jagt dir weg das Leid im Herzen drinnen,
> Läßt reiche Hoffnung durch die Adern rinnen.«

Selten bescherte Venus einem Menschen ihre Schönheit, noch seltener seine Beredsamkeit Merkur; nicht manchen ließ Herkules Schätze finden; nicht jedem verleiht Jupiter ein Szepter; oft genug hält es Mars mit keinem der beiden Heere; manch einer trollte sich enttäuscht vom Dreifuß Apolls; oft blitzt und donnert der Kronide; Phoebus versendet hin und wieder seine Pestpfeile; Neptun ertränkt mehr Leute, als er rettet; und gar nicht reden will ich von den Göttern der Unterwelt und den Dämonen der Verblendung, der Vergeltung, des Fiebers und von dieser ganzen Gesellschaft: nicht Götter sind das, das sind Henker. Ich, die Torheit, bin die einzige, die alle ohne Ansehen der Person mit so reicher Güte umfängt.

Ich rechne auch keinem seine Gelübde nach oder zürne und fordere Genugtuung, sobald beim Kult eine Kleinigkeit unterblieb; ich setze auch nicht Himmel und Erde in Bewegung, wenn einer die übrigen Götter zum Mahle ruft, mich aber daheimsitzen läßt und meiner Nase den Opferduft mißgönnt. Die andern Götter sind nämlich in diesen Dingen so empfindlich, daß es fast vorteilhafter, ja sicherer ist, sich gar nicht um sie zu bekümmern, als sie zu verehren, geradeso, wie es dermaßen heikle und reizbare Menschen gibt, daß man sie viel besser zu Gegnern hat als zu Freunden.

»Aber niemand opfert der Torheit«, sagt man, »niemand baut ihr Tempel!« Gewiß, und wie ich schon sagte, auch mich befremdet diese Undankbarkeit der Menschen; aber gutmütig, wie ich bin, nehme ich es ihnen nicht übel, und eigentlich möchte ich mir so etwas auch gar nicht wünschen. Warum sollte ich auf ein Wölkchen Weihrauch, auf geschrotenes Korn, auf ein Böcklein oder ein Schwein Anspruch machen, da mich die ganze Welt gerade so verehrt, wie es die Theologen am meisten empfehlen? Oder sollte ich etwa Dianen um ihre Menschenopfer beneiden? Behüte! Ich nenne wahre Verehrung, daß man mich im Herzen liebe, im Wandel bekenne, im Leben verkörpere; und so tun denn auch meine Leute alle. Solcher Kult ist sonst recht rar, auch bei dem Christenvolk. Wie viele sieht man der jungfräulichen Mutter Gottes ein Kerzchen aufstecken, und zwar am hellen Tage, wo das gar keinen Zweck hat! Wie wenige aber sieht man bestrebt, in Keuschheit, Demut und Freude an den himmlischen Gütern ihr nachzuleben! Und doch wäre das erst der rechte Gottesdienst, wie ihn die Himmelsbewohner am liebsten haben.

Und warum sollte ich mir einen Tempel wünschen, da dieser ganze Erdkreis mein Tempel ist, und was für ein schöner! Auch Priester mangeln mir nicht, außer dort, wo Menschen mangeln. Schließlich bin auch ich nicht so töricht, nach steinernen und farbig aufgeputzten Abbildern Verlangen zu tragen: die schaden nicht selten der Andacht, wenn ein einfältiger Dickschädel die Bilder statt der Gottheit anbetet; es geht dann uns Göttern wie dem, den sein Stellvertreter verdrängt. Mir sind, ich darf das sagen, soviele Standbilder errichtet, wie es Menschen gibt; mein leibhaftiges Konterfei tragen sie an sich herum, auch wenn sie es nicht wollen. Darum wüßte ich nicht, weshalb ich die übrigen Götter beneiden sollte; wird doch an jeder Ecke der Welt wieder ein anderer verehrt und jeder nur an seinen bestimmten Tagen: auf Rhodus Apoll, auf Cypern Venus, in Argos Juno, in Athen Minerva, auf dem Olymp Jupiter, in Tarent Neptun, in Lampsacus Priap. Ich bin zufrieden, daß mir in gemeinsamer Andacht der ganze Erdkreis viel reichere Opfer ohne Unterlaß darbringt.

Sollten meine Behauptungen mehr gewagt als zutreffend erscheinen, so wollen wir das Leben der Menschen selbst prüfen, um darüber klar zu werden, wieviel sie mir verdanken, aber auch, wie sehr sie mich schätzen, die Höchsten so gut wie die Niedrigsten. Wir werden freilich nicht jeden mustern – das kostete zu viel Zeit –; begnügen wir uns mit den hervorragenden, von denen dann leicht auf den Rest zu schließen ist. Oder hätte es einen Sinn, über das Volk, den süßen Pöbel, ein Wort zu verlieren?

Ohne Frage gehört es samt und sonders zu mir; denn es wimmelt unter ihm von Gestaltungen der Torheit, und jeder Tag gebiert neue – tausend Demokrite kämen nicht nach mit Lachen (sie hätten freilich auch selbst wieder einen Demokrit nötig!).

Einfach unglaublich ist es, wieviel Spaß und Vergnügen die Menschlein tagtäglich den Himmlischen machen. Die Götter verwenden nämlich nur ihre nüchternen Stunden, den Vormittag, auf ihre Beratungen und das Anhören der Wünsche. Sind sie einmal erst angeheitert vom Nektar und haben keine Lust zu ernsten Dingen mehr, dann sitzen sie auf die äußerste Fluh des Himmels, lehnen sich vor und gucken hinunter, zu sehen, was die Menschen treiben; kein Schauspiel ist ihnen lieber. Weiß Gott, es ist aber auch ein Theater! – Ich setze mich nämlich ebenfalls gern zu den Göttern von Dichters Gnaden und sehe zu. – Da ist einer in ein Frauenzimmerchen verschossen, und je weniger sie ihn will, desto mehr will er sie. Jener heiratet die Mitgift, nicht die Braut. Dieser hält seine Frau feil. Jener hütet sie eifersüchtig mit Argusaugen. Hei, was Dummes schwatzt und tut der Leidtragende dort: er stellt noch Leute an, sich die Trauerkomödie spielen zu helfen! Jener weint von Herzen am Grabe der Stiefmutter. Der opfert, was er zusammenzukratzen vermag, dem lieben Bauch, um bald wieder tapfer zu hungern. Jenem geht nichts über Schlafen und Faulenzen. Da sind Menschen stets auf den Beinen, um anderer Leute Geschäfte zu besorgen; die eigenen lassen sie liegen. Der vermeint, reich zu sein, weil er Schulden und Darleihen aufnahm – und morgen steht er vor dem Nichts. Einen andern beglückt es, ärmlich zu leben, um den Erben zu bereichern. Der kann es nicht lassen, eines geringen und erst noch fraglichen Profitchens wegen über alle Meere zu fliegen und Wellen und Winden sein Leben zu vertrauen, das ihm kein Gold zurückkauft. Jener zieht es vor, als Kriegsmann nach reicher Beute zu jagen, statt im sichern Frieden der Heimat auszuruhen. Mancher glaubt, am bequemsten komme zu Geld, wer einem kinderlosen Greis um den Bart streicht; ein anderer stellt seine Netze, indem er einem reichen alten Weiblein den Hof macht. An beiden aber haben die zuschauenden Götter den größten Spaß dann, wenn sie nach allen Regeln der Kunst just von ihren Opfern genasführt werden. Die Dümmsten und Schmutzigsten sind die Kaufleute, weil sie das schmutzigste Gewerbe treiben und auf die schmutzigste Weise: sie lügen, trügen, stehlen, täuschen und schwindeln in einem fort und kommen sich doch wie Fürsten vor, weil ihre Finger in goldenen Ringen stecken; und auch eine Brüderschaft von Schmeichlern ist zur Stelle, die ihnen Weihrauch streut und sie vor allen Leuten »Ehrwürdiger Herr« betitelt, natürlich nur, damit ein Brocken vom Raub für sie abfalle. Dort wieder erblickt man eine Art Jünger des Pythagoras, die es so ernst mit der Gütergemeinschaft nehmen, daß sie alles, was irgendwie unbehütet steht, sich seelenruhig wie eine Erbschaft aneignen. Andere sind Millionäre, aber nur in Gedanken und Hoffnungen; sie bauen sich herrliche Luftschlösser, und das genügt für ihr Glück. Manchen tut es wohl, bei den Leuten für vermöglich zu gelten; daheim aber hungern sie tüchtig. Der kann nicht rasch genug alles verschleudern, was er hat; jener rafft zusammen, was und wie es geht. Der läuft im Kandidatenkostüm einer Würde mit Bürde nach; jenem behagt es hinterm Ofen. Manch einer führt endlose Prozesse und wetteifert mit seinem Gegner, dem Richter für seine Trölerei, dem Advokaten für sein Doppelspiel den Beutel zu füllen. Der plant den Umsturz, jener ein Riesenwerk. Da pilgert einer nach Jerusalem oder nach Rom oder zum heiligen Jakob, wo er doch nichts zu schaffen hat, und Weib und Kind läßt er dahinten. Alles in allem: könntet ihr auf das tausendfältige Getriebe der Menschen vom Mond hinabsehen, wie einst Menippus, ihr meintet, einen Schwarm Fliegen oder Mücken vor euch zu haben, wie sie zanken, kriegen, lauern, rauben, spielen, tollen, steigen, fallen, sterben: man glaubt nicht, welche Stürme und Katastrophen dies Geschöpfchen heraufbeschwört, das doch so winzig und hinfällig ist – so oft ja nur der schwache Windstoß eines Krieges, einer Seuche über die Erde bläst, nimmt er ihrer viel tausend aufs mal mit und verweht sie.

Allein, ich müßte selbst erzdumm sein und Demokrit dürfte mich schallend auslachen, wollte ich länger vom Volke reden und die Gestalten seiner Torheit und Einbildung zu Ende zählen. Ich schreite zu denen, die im Gerüche der Weisheit stehen und tatsächlich nach dieser sogenannten Krone der Menschheit langen.

Obenan stehen die Schulmeister. Das wäre, weiß der Himmel, eine Klasse von Menschen, wie sie unglücklicher, geplagter, gottverlassener nicht zu denken ist, wüßte nicht ich die Leiden dieses bedauernswertesten Standes durch holden Wahn erträglich zu gestalten. Nicht fünffacher Fluch nur, wie der Grieche sagt, nein hundertfacher lastet auf ihnen: mit ewig knurrendem Magen, in schäbigem Rock sitzen sie in ihrer Schulstube – Schulstube sagte ich? Sorgenhaus sollte ich sagen, besser noch Tretmühle und Folterkammer – inmitten einer Herde von Knaben und werden früh alt vom Ärger, taub vom Geschrei, schwindsüchtig von Sticluft und Gestank. Doch meine Gnade schafft, daß sie an der Spitze der Menschheit zu stehen glauben.

So wohl tut es ihnen, die ängstliche Schar mit drohender Miene und Stimme einzuschüchtern, mit Rütlein, Stecken und Riemen die armen Opfer abzustrafen und auf jede Art und Weise nach Lust und Laune den Wüterich zu spielen wie jener Esel in der Löwenhaut. Da verwandelt sich ihnen Armut in Pracht, Gestank in Rosenduft, Frondienst in Herrentum, und ihre Tyrannenmacht gäben sie nicht um das Reich des Phalaris oder Dionys. Noch mehr beglückt sie ein seltener Glaube an ihre Gelehrsamkeit. Denn ist es auch heller Unsinn, was die meisten den Knaben eintrichtern: wie mitleidig, du mein Gott, sehen sie auf einen Palaemon, auf einen Donat herab; und eine rätselhafte Taschenspielerei bringt ihnen das Kunststück fertig, daß die dumme Mama und der unwissende Vater den Lehrer richtig für das halten, wozu er sich selber macht. Und noch ein Vergnügen ist nicht zu vergessen. Hat einer die Mutter des Anchises oder ein unbekanntes Wörtchen in einem schimmligen Schmöker aufgestöbert oder hat er eine alte zerbrochene Steinplatte mit verstümmelter Inschrift irgendwo aus dem Boden gegraben – du lieber Gott, wie hüpft er dann, wie triumphiert er, wie läßt er sich feiern! Man meint, er habe Afrika unterworfen oder Babel erobert. Oder da zeigen sie überall ihre frostigen, faden Verse herum, und finden sie damit Anklang, so glauben sie gar, die Seele Virgils sei in ihre Brust umgezogen. Am hübschesten ist es, wenn sie selbst Lob und Bewunderung Zug um Zug unter sich austauschen und einander das Fell krauen. Sobald aber ein Dritter im kleinsten Wörtchen sich versieht und ihn ein Rival mit schärferen Augen dabei ertappt – hui! gibt das gleich ein Geschrei, ein Klingenkreuzen, ein Gezänk und einen Hagel von Grobheiten! Wollt ihr das Verrücktheit oder Torheit nennen? Mir ist es einerlei; nur gebt mir zu: wenn ein Geschöpf, das sonst das jämmerlichste wäre, sich zu solchen Höhen des Glücks erhebt, daß es nicht mit dem Perserkönig tauschte, so dankt es das meiner Gnade.

Weniger sind mir die Dichter verpflichtet; allein auch sie gehören nach eigenem Geständnis zu meiner Partei, denn sie sind, wie ein altes Wort sagt, ein lockeres Völkchen und kennen keinen andern Lebenszweck, als die Ohren der Toren zu kitzeln, und zwar mit reinen Kindereien und lächerlichen Märchen. Gleichwohl bilden sie sich unglaublich viel darauf ein und versprechen sich selbst und andern Unsterblichkeit und ein Leben, wie es die Götter führen. Bei diesem Menschenschlag sind meine Gehilfinnen Selbstgefälligkeit und Schmeichelei ganz besonders daheim, und nirgends verehrt man mich so aufrichtig, so treu. Wir kommen zu den Redelehrern. Die drücken sich freilich oft um ihre Verpflichtungen und stecken mit den Philosophen unter einer Decke; sie tragen aber ebenfalls unsere Farben, was man besonders daran sieht, daß ihre Lehrbücher, von sonstigem dummem Zeug abgesehen, des langen und breiten von Art und Zweck des Witzes handeln. Ja, die Torheit wird eigens unter den Gattungen des Lächerlichen von jenem Autor genannt – sei er nun, wer er will –, der dem Herennius das Büchlein über die Redekunst gewidmet hat. Auch Quintilian, das Haupt der Gesellschaft, schrieb ein Kapitel über das Lachen, weitschweifiger als die Ilias, und alle versichern, die Torheit besitze die Kraft, eine Behauptung, die kein Beweis erschüttern kann, durch Spott und Gelächter zu Falle zu bringen. Oder hat das etwa nichts mit Torheit zu schaffen, wenn man durch Witze die Zuhörer zum Lachen reizt, und zwar mit Berechnung?

Vom gleichen Teige sind die Leute, die mit Bücherschreiben die Unsterblichkeit einfangen wollen. Sie alle schulden mir viel, am meisten die, welche hellen Blödsinn auf ihre Blätter schmieren. Wer nämlich fein und gediegen schreibt, nach dem Geschmack der wenigen Kenner, und keinen Kritiker zu scheuen hat, scheint mir mehr bedauernswert als glücklich, denn so einer quält sich ohne Ende mit Einfügen, Abändern, Ausstreichen, Neuschreiben, Umschreiben, Weglegen, Vorlesen; neun Jahre lang läßt er das Ding still reifen, nie tut er sich genug, und dies alles um ein Nichts, um ein bißchen Lob, das ein winziges Grüppchen spendet. Dafür opfert er seine Nächte, seinen Schlaf – das Schönste auf der Welt –, und plagt sich und schanzt ohne Ruhe und Rast; den Ruin der Gesundheit nimmt er in den Kauf, einen Buckel, einen Augenkatarrh, ja Blindheit, dazu Armut, Verfeindung, Verzicht auf alle Freuden, vorzeitiges Alter, frühen Tod und was es dieser Art noch gibt. Und mit solchem Elend zahlt unser Weiser gern, wenn dann ein paar Halbblinde ihn loben.

Da ist doch ein Schriftsteller von meinen Gnaden viel glücklicher in seinem Wahn: er braucht nicht bei der Lampe zu wachen; sobald ihn die Lust ankommt, schmiert er hin, was in die Feder läuft, und wären es nur seine Träume – was kostets ihn mehr als das Papier? Und dabei weiß er: je kindischere Kindereien er schreibt, desto mehr loben ihn, nämlich alle die Toren und Banausen. Denn jene paar Kenner lesen derlei nicht, und wenn, dann ist es doch keine Sache, ihr Urteil in den Wind zu schlagen; oder was bedeuten die Stimmen der Handvoll Weisen, wo eine so riesige Übermacht sie niederschreit? Eine feinere Nase noch haben die Schlauen, die Fremdes als Eigenes herausgeben und den Ruhm, den ein andrer sich sauer verdient hat, mit ein paar Federstrichen auf ihre Mühle leiten, in der Gewißheit, selbst wenn man sie dereinst des Diebstahls überführt, doch eine Zeitlang sich der Nutznießung zu erfreuen. Schaut sie euch nur einmal an, wie sie sich brüsten, wenn alle Welt sie lobt, wenn man mitten in der Menge auf sie deutet und sagt:»Das ist er jetzt, der Meister!«, wenn sie beim Buchhändler sich ausgestellt sehen und oben an jeder Seite ihr voller Name zu lesen steht, womöglich fremdländisch aufgeputzt und recht magisch klingend. Und doch, du lieber Gott, was ist das mehr als ein Name? Und wie wenige werden das Ding je zu Gesichte bekommen, denkt man an die Weite dieser Welt! Und noch viel weniger werden Gefallen daran finden, denn auch die Geschmacklosen haben nicht alle denselben Geschmack. Jene Namen aber saugen sich die Autoren nicht selten aus den Fingern oder holen sie aus den Büchern der Alten: der tauft sich stolz Telemachus, der Sthenelus oder Laërtes, dieser Polycrates, jener Thrasymachus – fehlt nur noch, daß sie ihr Buch »Chamaeleon« oder »Kürbis« oder nach der Mode der Philosophen »Alpha« oder »Beta« betiteln. Am hübschesten ist es, wenn sie sich gegenseitig in Episteln, Gedichten und Lobreden verhimmeln, ein Narr den andern, ein Stümper den andern: der erste stempelt den zweiten zu einem Alcaeus, der zweite den ersten zu einem Callimachus, der dritte stellt den vierten über Cicero und der vierte den dritten über Plato. Gern suchen sie sich einen Gegenspieler, um im Turnier mit ihm neue Lorbeeren zu holen.

»Eifernd teilt sich das Volk: hier loben sie diesen, dort jenen«, bis beide Helden nach glänzenden Taten siegreich den Kampfplatz verlassen, beide im Triumph einherziehen. Die Weisen lachen über solche Dinge und heißen das die größte Narretei, mit vollem Recht; aber dabei führen die Leute dank meiner Huld ein Herrenleben und würden ihre Triumphe nicht mit den Scipionen tauschen. Aber auch die Kenner, die über dies Treiben sich herzlich lustig machen und an der Verrücktheit der andern Spaß haben dürfen, sind mir im Grunde nicht wenig verpflichtet, wie sie nicht leugnen können, ohne undankbar zu sein.

Von den Studierten beanspruchen die Rechtsgelehrten den ersten Rang, und wirklich bildet sich niemand soviel auf sich ein wie sie, wenn sie rastlos den Stein des Sisyphus wälzen, wenn sie hundert Gesetze in einem Atemzug zusammenkoppeln, gleichgültig, was sie betreffen, wenn sie Auslegung auf Auslegung, Lehrmeinung auf Lehrmeinung häufen, um ihrer Wissenschaft den Anschein des schwierigsten Studiums zu geben; denn was mühselig ist, muß, wie sie meinen, gleich auch bedeutend sein.

Schließen wir ihnen die Sophisten und Dialektiker an, eine Menschenklasse, die mehr Lärm verführt als alle Erzbecken im Hain von Dodona – ein jeder nähme es an Zungenfertigkeit mit zwanzig erlesenen Weibern auf. Sie wären freilich besser daran, wollten sie nur dem Schwatzen frönen, nicht auch noch ihrer Händelsucht; so aber streiten sie bis aufs Messer um des Kaisers Bart, und im Eifer des Gefechts verlieren sie meistens die Wahrheit aus den Augen. Doch beglückt sie ihre Selbstgefälligkeit, und mit einer Handvoll Syllogismen bewaffnet, fordern sie ohne Besinnen jeden zum Kampf um jede Behauptung in die Schranken. Ihre Harthörigkeit macht sie auch wirklich unbesiegbar, käme selbst ein Schreihals wie Stentor.

Nach ihnen ziehen gleich die Philosophen einher, in ehrfurchtgebietendem Bart und Mantel. Sie rühmen sich, allein weise zu sein; alle andern seien flatternde Schemen. Und doch, wie köstlich phantasieren auch sie, wenn sie ihre zahllosen Welten bauen, wenn sie Sonne, Mond und Sterne mitsamt den Sphären auf Daumenbreite oder Fadendicke ausmessen, wenn sie den Blitz, den Wind, die Finsternisse und andere unerklärliche Erscheinungen erklären, ohne zu stocken, als hätten sie der Natur beim Weltbau als Geheimschreiber gedient oder eben noch im Rate der Götter gesessen ? und dabei macht sich die Natur über sie samt ihren Mutmaßungen von Herzen lustig. Denn Sicheres wissen sie nichts; das beweist genugsam die bekannte Geschichte, daß über jedwedem Ding sie sich selbst beständig in den Haaren liegen. Obgleich sie gar nichts wissen, behaupten sie, alles zu wissen; obgleich sie sich selbst nicht kennen und oft den Graben, den Stein auf dem Wege nicht sehen, weil ihre Augen nichts wert sind oder ihr Geist auf Reisen gegangen, so rühmen sie sich doch, Ideen und

Universalien und separate Formen und primäre Materien und Quidditäten und Ecceitäten zu schauen, wahrlich recht luftige Dinge, die zu sichten kaum einem Lynkeus glücken dürfte. Berghoch aber fühlen sie sich über den Laienpöbel erhaben, wenn sie ihre Dreiecke, Vierecke, Kreise und derlei mathematische Figuren eine über die andere legen und zu einem wahren Labyrinth durcheinanderwirren, dann Buchstaben in Schlachtordnung aufmarschieren und alle Augenblicke bald in dieser, bald in jener Kolonne antreten lassen, um damit noch Dümmere zu verblüffen. Es fehlt sogar an solchen nicht, die aus den Gestirnen die Zukunft zu lesen behaupten und Wunder und Zeichen in Aussicht stellen, wie sie kein Magier prophezeite; und die Glückspilze finden Leute, die ihnen auch das glauben.

Nun zu den Theologen! Gescheiter freilich wäre es wohl, in dieses Wespennest nicht zu stechen und um diese stinkende Hoffart einen Bogen zu machen, denn die Leute sind hochnäsig und empfindlich und reiten am Ende mit ihren Schlußsätzen schwadronsweise Attacke, um mich zum Widerruf zu zwingen, und weigere ich mich, so schreien sie gleich: »Ketzerei«. Im Handumdrehen schleudern sie diesen Blitz, um den zu schrecken, der es mit ihnen verscherzt hat. Kein Mensch zwar will so wenig wie sie davon wissen, daß ich ihnen Gutes tue; und doch stehen auch sie mit einer erklecklichen Schuld bei mir zu Buche. Denn beglückt von ihrer Einbildung tun sie, als wohnten sie im dritten Himmel, und sehen auf die übrige Menschheit wie auf Vieh, das auf dem Boden kriecht, von hoch oben herab, mitleidig schier. Sie verschanzen sich hinter einer so dichten Hecke von magistralen Definitionen, Konklusionen, Korollarien und Propositionen, bald explicite, bald implicite zu verstehen, und halten sich ein so raffiniertes System von Schlupflöchern offen, daß auch die Netze Vulkans sie nicht zu fangen vermöchten: immer wieder beißen sie sich mit ihren Distinktionen heraus, die ihnen so glatt wie das Beil von Tenedos die Knoten der Maschen durchschneiden, und eine Unzahl neuersonnener Wörtchen und ungeheuerlicher Ausdrücke kommt ihnen zu Hilfe. Die heiligen Geheimnisse erklären sie frei aus dem Kopfe: sie wissen genau, wie die Welt erschaffen und eingerichtet, durch welche Kanäle das Gift der Erbsünde in die Kinder Adams geflossen, wie, in welcher Größe und wie schnell Christus im Leibe der Jungfrau gereift ist, und wie in der Hostie die Gestalten von Brot und Wein auch ohne Substanz bestehen.

Doch das sind abgenutzte Themata. Erst Fragen wie die folgenden halten sie großer und erleuchteter Theologen, wie sie sagen, für wahrhaft würdig; erst wenn sie an solche geraten, erwachen sie, an Fragen wie die: Kann man von Entwicklung bei der Menschwerdung Gottes reden? Gibt es bei Christus mehr als eine Sohnschaft? Ist der Satz möglich: Gott Vater haßt den Sohn? Hätte Gott auch in die Gestalt eines Weibes, eines Teufels, eines Esels, eines Kürbisses, eines Kiesels eingehen können? Und wie würde dann dieser Kürbis gepredigt und Wunder gewirkt haben? Wie wäre er zu kreuzigen gewesen? Und was hätte Petrus konsekriert zu der Zeit, da der Leib Christi am Kreuze hing? Konnte zu dieser Zeit Christus noch Mensch genannt werden? Wird man nach der Auferstehung auch essen und trinken dürfen? – gälte es doch, beizeiten gegen Hunger und Durst sich vorzusehen. Solche Haarspaltereien kennen sie tausende, ja, noch viel heiklere. Da reden sie von Instantien, Formalitäten, Quidditäten, Ecceitäten, also von Dingen, die kein Mensch jemals zu Gesicht bekommt, er müßte denn ein Lynkeus sein, der durch das dickste Dunkel hindurch das Nichts sähe. Dazu kommen ihre Sätze aus der Moral, so paradox, daß die bekannten seltsamen Sprüche der Stoiker, die Paradoxien heißen, daneben plump und abgedroschen erscheinen, Sätze wie die: es sei ein kleineres Verbrechen, tausend Menschen den Hals umzudrehen, als nur einmal am Sonntag einem Armen seinen Schuh zu flicken, oder, es sei besser, die ganze Welt mit Mann und Maus untergehen zu lassen, als eine einzige, noch so harmlose kleine Unwahrheit zu sagen.

Noch spitzer spitzen diese Spitzfindigkeiten die Schulen der Scholastiker, zahllos wie Sand am Meer – man fände sich rascher im Labyrinth zurecht als in dem Knäuel von Realisten, Nominalisten, Thomisten, Albertisten, Occamisten, Scotisten, und das sind erst noch nicht alle, nur die bekanntesten. Ihre Systeme strotzen von Gelehrsamkeit und sind gespickt mit Diffikultäten; selbst die Apostel brauchten einen neuen Geist, hätten sie über derlei Dinge mit diesem neuen Theologengeschlecht zu streiten. Paulus war Manns genug, für seinen Glauben zu zeugen; aber wenn er sagt: »Glaube ist zuversichtliche Erwartung von Dingen, die man erhofft, Überzeugung von Dingen, die man nicht sieht«, so ist das keine magistrale Definition, und hat er auch die Liebe aufs herrlichste betätigt, so fehlte es ihm doch an der nötigen Dialektik, um ihren Begriff nach Umfang oder Inhalt genügend zu bestimmen. Mit frommem Herzen zwar konsekrierten die Apostel Hostien und Kelch, aber gefragt über den Terminus a quo und ad quem, über die Transsubstantiation, über die Art, wie derselbe Leib verschiedenerorts zugleich sein kann, über den Unterschied in der Existenz des Leibes Christi im Himmel, am Kreuz und in der Hostie, gefragt, in welchem Moment die Wandlung geschehe, da doch die Worte, durch welche sie geschieht, als in sich geteilte Größe Zeit zum Ablauf brauchen, – sie hätten kaum so scharfsinnig wie die Scotisten zu argumentieren und definieren gewußt. Die Apostel kannten die Mutter Jesu; aber wer von ihnen wies so philosophisch wie unsere Theologen nach, wie sie von der Befleckung durch Adams Ursünde rein blieb; Petrus erhielt die Schlüssel und erhielt sie von dem, der sicher keinen Unwürdigen damit betraute; aber ich zweifle, ob er verstanden hätte, wieso auch der den

Schlüssel zur Erkenntnis besitzen kann, der die Erkenntnis nicht besitzt ? gedacht hat er jedenfalls nicht von ferne an diese feine Frage. Die Apostel tauften allerorten, und doch lehrten sie nirgends, was Form und was Materie, was Wirkursache und was Endursache der Taufe sei, und von auslöschlichem und unauslöschlichem Merkmal ist bei ihnen keine Rede. Sie beteten an, doch im Geiste, und taten dabei nur nach dem Worte des Evangeliums:»Gott ist Geist, und die ihn anbeten, die müssen ihn im Geist und in der Wahrheit anbeten.« Aber man sieht nicht, daß ihnen damals geoffenbart war, man müsse ein Bildchen, das mit Kohle an eine Wand gezeichnet ist, mit derselben Verehrung anbeten wie Christum selbst, sobald darauf zwei ausgestreckte Finger und wallende Locken und in dem Heiligenschein am Hinterkopf drei Strahlenbündel zu sehen sind. Wie sollte auch jemand derlei wissen, der nicht seine sechsunddreißig Jahre über der Physik und Metaphysik des Aristoteles und des Scotus abgesessen hat? Immer wieder schärfen die Apostel die Lehre von der Gnade ein, aber nirgends unterscheiden sie zwischen Gnade zum Heile anderer und Gnade zum eigenen Heile. Überall predigen sie die Liebe, aber sie wissen keine eingegossene von erworbener Liebe zu trennen und erörtern nicht, ob sie Qualität oder Substanz sei, ob erschaffen oder unerschaffen. Sie verabscheuen die Sünde, aber ich will des Todes sein, wenn sie wissenschaftlich definieren könnten, was das ist, was wir Sünde nennen – es müßte denn der Geist der Scotisten sie erleuchtet haben. Denn niemand wird mich glauben machen, daß Paulus, dessen Bildung auf die andern Apostel schließen läßt, sich in solchen Feinheiten auskannte; sonst hätte er nicht so oft gegen einfältige Tüfteleien, Zänkereien, genealogische Phantasien und – wie er sagt – wahre Wortschlachten gewettert. Und doch, wie plump und bäurisch waren alle Streitigkeiten und Kämpfe jener Zeit, vergleicht man sie mit den Problemen Unserer Magistri, Problemen, die Chrysippus zu heikel wären.

Die Herren sind freilich recht artig: steht bei den Aposteln ein etwas ungeschliffener und laienmäßiger Satz, so verdammen sie ihn nicht, sie legen ihn nur passend aus, eine Ehre, die teils dem Alter, teils dem apostolischen Titel gilt – man darf doch auch, weiß Gott, von den Aposteln keine Dinge verlangen, über die sie aus dem Munde ihres Lehrers kein Sterbenswörtchen vernahmen. Steht aber ein ähnlicher Satz im Chrysostomus, im Basilius, im Hieronymus, so vermerken sie einfach »ungültig!« Die Apostel haben zwar heidnische und jüdische Philosophen, die von Natur verstockte Widersacher waren, zum Schweigen gebracht, aber mehr durch ihren Wandel und durch Wunder als durch die Künste der Logik, und keiner dieser Gegner hätte eine einzige Abhandlung des Scotus verstanden. Aber heute – wo ist der Heide, wo der Ketzer, der nicht augenblicklich vor diesem Hagel schärfster Spitzfindigkeiten das Feld räumt? Er müßte denn dumm genug sein, um nichts zu begreifen, oder frech genug, um mit Auszischen zu antworten, oder müßte dieselben Finten kennen, so daß sich die Chancen die Waage hielten – es wäre dann so, wie wenn man Zauberer gegen Zauberer antreten ließe oder ein Fechter mit gefeitem Degen gegen einen andern kämpfte, dessen Degen gefeit ist: heraus käme dasselbe wie damals am Webstuhl der Penelope. Drum könnten die Christen nach meiner Meinung nichts Gescheiteres tun, als statt der dummen Soldatenregimenter, mit welchen sie doch nichts ausrichten, einmal die Scotisten, diese Schreihälse, und die Occamisten, diese Hartköpfe, und die Albertisten, diese Berserker, samt der ganzen Professorenarmee gegen die Türken und Sarazenen marschieren zu lassen: sie würden, meiner Treu, das eleganteste Fechten schauen und einen nie dagewesenen Sieg. Das kühlste Herz muß ja Feuer fangen von ihren Geistesblitzen, der größte Dummkopf Laufschritt machen vor solcher Silbenstecherei, das schärfste Auge versagen vor ihrem dicken blauen Dunst.

Doch scheint es euch, es sei mir damit nicht ganz ernst – kein Wunder, denn manchem Theologen von besserer Schule ekelt selber vor diesen, wie er meint, nichtsnutzigen Künsten seiner Kollegen; manche verfluchen sie als Gotteslästerung und nennen es ruchlos, über so heilige Dinge, die Anbetung, nicht Erklärung heischen, mit ungewaschenem Maule zu schwatzen, so gemeine, von den Heiden geborgte Kniffe zu gebrauchen, so selbstbewußt zu definieren und die Erhabenheit göttlicher Theologie mit so sinn-, nein würdelosen Ausdrücken und Behauptungen zu beschmutzen. Den Herren selbst aber gefällt es – oder besser – sie gefallen sich selber dabei ganz über die Maßen, und weil dieses wonnige Geschwätz sie Tag und Nacht beansprucht, bleibt ihnen nicht ein freier Augenblick, nur einmal das Evangelium oder die Episteln Pauli aufzuschlagen; und während sie derlei Possen auf ihren Schulen treiben, bilden sie sich ein, die gesamte Kirche, die sonst einstürzen müßte, auf den Stützen ihrer logischen Schlüsse aufrecht zu halten, wie nach den Dichtern Atlas den Himmel auf seinen Schultern trägt.

Unbeschreiblich aber ist ihr Glück, wenn sie Worte der Heiligen Schrift wie einen Wachsklumpen nach Belieben bald so, bald so zurechtdrücken, oder wenn ihre Thesen schon die Unterschrift eines Dutzend Professoren tragen und sie sich dafür nun ins Zeug legen, als sollten daneben die Gesetze Solons und die Erlasse der Päpste nichts mehr gelten, oder wenn sie wie Zensoren des Erdkreises jeden zum Widerruf herbeizerren, der irgendwo irgendwas sagte, das nicht genau in das Gebäude ihrer direkten und indirekten Folgerungen paßt, oder wenn sie wie vom Dreifuß eines Orakels herab verkünden: »Dieser Satz ist ein Ärgernis, der ist zu wenig respektvoll, der riecht nach Ketzerei, der hat einen übeln Klang.«

Keine Taufe, kein Evangelium, kein Paulus oder Petrus, kein Hieronymus oder Augustin, ja selbst nicht der Oberaristotelicus Thomas vermag noch einen Menschen zum Christen zu machen, wenn nicht der hohe Rat der Bakkalaren dazu Amen sagt: dermaßen genau nimmt man es heutzutage. Wer hätte nämlich gemerkt, daß einer kein Christenmensch ist, der behauptet, es sei ebenso korrekt zu sagen »der Nachttopf stinkst« wie »der Nachttopf stinkt«, oder »des Kochtopfs siedet« wie »der Kochtopf siedet«, hätten es nicht jene scharfsinnigen Denker bewiesen? Wer sonst hätte die Kirche aus dem Dunkel solcher Irrlehren erlöst? Kein Mensch hätte sie ja nur beachtet; erst die feierliche Verdammung durch die Gelehrten hat sie der ahnungslosen Welt verraten. Sind aber diese Schaumschläger bei ihrem Geschäft nicht überglücklich?

Mit dem gleichen Behagen malen sie das Leben in der Hölle bis ins kleinste aus, als hätten sie in diesem Reiche schon einige Jahre geweilt, oder schichten sie nach Lust und Laune neue Sphären über die alten, bis obendrauf jener größte und schönste Himmelsraum kommt, wo die Geister der Seligen bequem lustwandeln oder schmausen oder auch Ball spielen können. Mit diesen und tausend andern Kindereien sind ihre Köpfe zum Bersten vollgestopft – das Gehirn Jupiters war sicher nicht so aufgetrieben, als er in den Wehen vor der Geburt der Pallas den Vulkan mit seiner Axt zu Hilfe rief.

Staunt darum nicht, wenn ihr bei öffentlichen Disputationen die Köpfe jener Leute so sorgsam mit Bändern umwickelt seht: sie würden sonst sicher platzen.

Noch etwas reizt auch mich nicht selten zum Lachen. Sie fühlen sich dann erst so recht als Theologen, wenn sie ein recht häßliches Kauderwelsch reden; und wenn sie sich dermaßen barbarisch ausdrücken, daß nur ein Barbar sie versteht, so heißen sie das Wissenschaftlichkeit, die für das Laienvolk eben zu hoch sei. Denn sie sagen, es vertrage sich nicht mit der Größe ihrer heiligen Wissenschaft, sich den Regeln der Grammatiker beugen zu müssen. Wie herrlich erhaben sind doch die Theologen, wenn sie allein sich des Vorrechts erfreuen, Böcke zu schießen – in Konkurrenz zwar mit Gevatter Schneider und Handschuhmacher! Vollends im Himmel aber glauben sie sich, wenn sie einer in gottesfürchtiger Demut als »Unser Magister« begrüßt, liegt doch für sie in diesem Titel so etwas wie für den Juden in jenen vier Buchstaben, die ihm seinen Gott bezeichnen; darum erklären sie, es sei Sünde, ihn anders als groß zu schreiben. Sollte aber jemand – was im Latein ja angeht – die beiden Wörter umstellen, so wäre mit einem Schlage die Würde des Titels dahin. Kaum weniger glücklich als sie leben die Menschen, die sich fromme Brüder und Klosterleute nennen, wobei der erste Name so falsch ist wie der zweite; denn ein gut Teil von ihnen ist alles andere als fromm, und niemand trifft man so häufig auf allen Straßen und Gassen.

Unsagbar kläglich wäre ihr Leben, käme nicht ich ihnen hundertfach zu Hilfe. Denn während jedermann diese Gesellschaft ins Pfefferland wünscht, ja, eine zufällige Begegnung als übles Vorzeichen ansieht, haben sie selber an sich eine göttliche Freude. Zunächst gilt es ihnen als frömmster Gottesdienst, sich der Wissenschaft so tapfer zu enthalten, daß sie nicht einmal lesen können. Dann glauben sie, den Ohren der Heiligen einen gar herrlichen Schmaus zu bieten, wenn sie ihre abgezählten, aber unverstandenen Psalmverse mit ihren Eselsstimmen in den Kirchen herunterplärren. Manche wissen aus Unsauberkeit und Bettlerpose Kapital zu schlagen und heischen vor den Haustüren mit lautem Muhen ein Stück Brot; ja in keiner Herberge, in keinem Reisewagen, auf keinem Schiff entgeht man den aufdringlichen Gesellen, zum schweren Schaden der übrigen Bettler. Dergestalt, unsauber, unwissend, unflätig, vermeinen diese köstlichen Leute, uns die Apostel wieder vorzuleben.

Das Hübscheste aber ist, daß sie alles nach Vorschrift tun; die gilt als mathematisches Gesetz, das man nicht ungestraft übertritt. So viele Knoten muß der Schuhriemen haben, so muß jedes Gewandstück gefärbt, geschnitten, beschaffen sein, so viele Strohhalme breit ist der Gürtel, so ist die Kapuze geformt und so viel Scheffel soll sie fassen, so viel Finger breit bleibt der Haarschopf stehen, so viel Stunden hat man zu schlafen. Wer sieht aber nicht, wie ungleich bei dem Tausenderlei von leiblichem und geistigem Maß diese Gleichheit herauskommt? Sie jedoch, stolz auf diese Kindereien, rümpfen die Nase über die andern, aber auch über einander, und Männer, die sich als Träger apostolischer Liebe geben, erfüllen die ganze Welt mit Geschrei, wenn eine Kutte anders gegürtet oder etwas dunkler gefärbt ist. Manche nehmen es so streng mit der Religion, daß sie als Oberkleid nur Wolle tragen, als Unterkleid nur Linnen; andere dagegen sind außen linnen und innen wollen.

Noch andere rühren an Geld so wenig wie an Gift – nur an den Becher und an ein Weib zu rühren versagen sie sich mit nichten. Und endlich steckt in allen ein außergewöhnlicher Trieb, in ihrer Lebensweise ja etwas Besonderes zu haben, doch nicht, um Christo ähnlich, vielmehr um unter einander unähnlich zu sein. So beruht denn ein gut Teil ihres Glückes auf ihren Namen: den einen macht es Spaß, sich Strickträger zu heißen, wobei sie sich erst noch scheiden in Coletaner, Minoriten, Minimiten und Bullisten; andere nennen sich lieber Benediktiner oder Bernhardiner oder Brigidenser oder Augustiner oder Wilhelmiten oder Jakobiten, als wäre der Name Christen zu gemein.

Die meisten von ihnen tun sich soviel zugute auf ihre Zeremonien und überlieferten Regeln, die doch nur Menschensatzungen sind, daß sie meinen, ein Himmel allein bedeute zu wenig Lohn für solche Verdienste. Daran jedoch denken sie nicht, daß Christus dereinst über all das hinweggehen und nach der Erfüllung seines eigenen Gebotes fragen wird, nach der Liebe. Da wird nun der eine auf seinen Schmerbauch weisen, das prallvolle Massengrab jeder Art Fische. Der schüttet hundert Scheffel Psalmen aus. Der zählt Myriaden Fasttage her und stellt in Rechnung, daß so oft an der einen erlaubten Mahlzeit um ein Haar sein Bauch geplatzt wäre. Der häuft einen Berg von Zeremonien auf – kaum sieben Frachtschiffe könnten ihn abschleppen. Der prahlt, er habe in sechzig Jahren kein Geld angerührt, außer mit doppelten Handschuhen gewappnet. Der weist seine Kapuze vor, ein so grobes und schmieriges Stück, daß jedem Schiffer seine Haut für sie zu lieb wäre. Der berichtet, elfmal fünf Jahre und mehr habe er gelebt wie ein Schwamm, festgewurzelt am selben Fleck. Der bringt seine Heiserkeit mit, den Lohn ausdauernden Singens, der seine Schlafsucht, ein Geschenk der Einöde, der seine Zunge, die ihm ewiges Schweigen gelähmt hat.

Aber Christus wird dazwischen fahren – sonst nähmen die Prahlereien kein Ende – und wird sprechen: »Was habe ich zu schaffen mit diesem neuen Judengeschlecht? Ein einziges Gebot erkenne ich an als das meine, und von diesem allein höre ich kein Wort. Ich habe zu meiner Zeit vor aller Ohren und ohne die Hülle der Gleichnisse das Erbe meines Vaters versprochen nicht den Kapuzen, nicht dem Plappern, nicht dem Fasten, sondern den Taten der Liebe. Und kein Gefallen finde ich an denen, die an ihren eigenen Werken zu sehr Gefallen finden. Wer heiliger scheinen will als ich, soll in den Himmeln der Abraxasier sich Platz suchen oder von denen sich einen neuen Himmel erbauen lassen, deren Regelchen ihnen mehr galten als meine Gebote.« Wenn sie einst solche Worte hören und zusehen müssen, wie Schiffer und Fuhrleute vor ihnen zur Seligkeit eingehen, mit welchen Gesichtern werden sie sich dann wohl anschauen? Einstweilen aber sind sie glücklich in ihrer Hoffnung, nicht zuletzt dank meiner gütigen Fürsorge.

Nun schließen sich diese Leute vom öffentlichen Wesen zwar ab; aber trotzdem mag es niemand mit ihnen verderben, am wenigsten mit den Bettelmönchen, weil sie jedes Geheimnis jedes Gewissens kennen – von dem, was sie Beichte heißen. Ausplaudern gilt ihnen freilich als Sünde, außer wenn sie einmal bezecht sich gern an pikanteren Geschichtchen erfreuen; doch deuten sie bloß die Sache an und behalten die Namen noch für sich. Stößt aber einer in dieses Wespennest, dann rächen sie sich weidlich in öffentlicher Predigt und zeichnen den Feind mit Seitenbemerkungen so diskret, daß jeder etwas merkt, der noch etwas merkt, und hören nicht auf zu kläffen, bevor man ihnen einen Bissen in das Maul wirft – wie einst Aeneas dem Cerberus.

Wenn ein solcher Prediger auf der Kanzel deklamiert, wer wollte noch Komödianten oder Marktschreiern zuhören? Lächerlich ist es und doch allerliebst, wie sie die alten Rhetoren und ihre Vortragskunst nachäffen. Großer Gott, wie sie fuchteln, wie sie passend die Stimme variieren, wie sie trillern! Wie blähen sie sich auf, wie wechseln sie fix ihre Maske, wie dröhnt ihr Gedonner! Und diese Kunst der Rede gibt ein Mönchlein nur wieder einem Mönchlein gleich einem Geheimrezept von Mund zu Munde weiter. Ich sollte sie also nicht kennen; doch versuchen wir es einmal mit Beobachten und Schließen. Zur Eröffnung rufen sie jemand an – das haben sie bei den Dichtern entlehnt. Um dann auf die christliche Liebe zu kommen, gehen sie aus vom Nil in Ägypten; um das Mysterium des Kreuzes zu erklären, setzen sie vielversprechend beim Drachen Bel zu Babel ein; um die Fastengebote zu erörtern, beginnen sie bei den zwölf Zeichen des Tierkreises; um vom Glauben zu reden, präludieren sie lange über die Quadratur des Zirkels. Ich selber habe einst zugehört, wie ein ganz großer Tor – nein, Doktor wollte ich sagen – vor einer glänzenden Versammlung das Geheimnis der heiligen Dreieinigkeit erklärte. Um seine außergewöhnliche Gelehrsamkeit leuchten zu lassen und auch Theologenohren zu befriedigen, schlug er einen ganz neuen Weg ein. Er hub also an, von den Buchstaben, von den Silben, von den Wörtern zu berichten, dann von der Harmonie zwischen Subjekt und Verb, zwischen Adjektiv und Substantiv, indes die meisten Hörer schon stutzten und einige das horazische Verslein murmelten: »Was soll das abgestandene Zeug?« Endlich gab er der Sache die Wendung, daß er erklärte, aus diesen Elementen der Grammatik schaue das Bild der ganzen Dreieinigkeit so deutlich heraus, wie kein Mathematiker es augenfälliger im Sande zu zeichnen vermöchte. Und über dieser Predigt hatte jener Meistertheologe volle acht Monate geschwitzt, und heute noch sieht er weniger als ein Maulwurf, weil er sein Augenlicht völlig für diesen Geistesblitz aufgebraucht hat. Aber der Mann bereut es nicht und glaubt, noch billig zu seinem Ruhme gekommen zu sein. Dann habe ich einen Zweiten gehört, einen Achtziger, einen so vollendeten Theologen, daß man meinte, in ihm sei Scotus selbst wiedergeboren. Der wollte das Geheimnis des Namens Jesu erklären und zeigte nun wunderbar fein, daß in den Buchstaben schon alles versteckt sei, was sich vom Heiland sagen lasse. Denn daß man von ihm nur drei Fälle bilde, sei ein deutliches Symbol der göttlichen

Dreizahl. Wenn ferner der erste Fall »Jesus« auf s endige, der zweite »Jesum« auf m, der dritte »Jesu« auf u, so liege darin verborgen ein heiliges Mysterium: nach Aussage dieser drei winzigen Buchstaben sei er Spitze, Mitte und Urgrund der Welt. Es lag aber noch ein Mysterium darin, noch viel versteckter, von mathematischer Art. Er spaltete Jesus in zwei gleiche Teile so, daß der Buchstabe in der Mitte allein blieb, und dozierte, dieser Buchstabe heiße bei den Hebräern syn; syn aber bedeute – ich glaube im Schottischen – Sünde, womit doch deutlich gesagt sei, daß Jesus es ist, der der Welt Sünde trägt. Ob dieser verblüffenden Einleitung sperrten alle Mund und Nase dermaßen auf, zumal die Theologen, daß wenig fehlte, so wären sie zu Stein erstarrt wie Niobe einst. Mir aber ging es um ein Haar wie jenem Priap aus Feigenholz, der das nächtliche Opfer der Canidia und Sagana mitansehen mußte. Das war auch kein Wunder; denn hat je der große Grieche Demosthenes oder der große Lateiner Cicero einen ähnlichen Weg zum Herzen seiner Hörer gefunden? Die hielten eine Einleitung, die zum Thema nicht paßt, für fehlerhaft – und doch fängt so, wie sie es für richtig halten, jeder Schweinehirt an; er hat das eben von der Natur. Für unsere Gelehrten jedoch ist eine solche Präambel, wie sie das heißen, erst dann ein rhetorisches Glanzstück, wenn sie mit dem Thema gar nichts zu schaffen hat, damit sich der verwunderte Hörer einstweilen im stillen frage: »Wohin nur lenkt er den eiligen Schritt?«

An dritter Stelle, wo sonst in den Reden die Erzählung kommt, erklären sie ein Stück aus dem Evangelium, doch nur flüchtig und beiläufig, wiewohl just das ihre Aufgabe wäre. Beim vierten Teil wechseln sie die Maske und nehmen eine theologische Frage vor, die oft weder Erde noch Himmel angeht, wie Lukian einmal sagt; sie aber meinen, auch das gehöre zur Kunst.

Und jetzt setzen sie erst die rechte theologische Hochmutsmiene auf, zitieren lauter hochansehnliche Doktoren, feinsinnige Doktoren, feinstsinnige Doktoren, engelsgleiche Doktoren, heilige Doktoren, unwiderlegbare Doktoren, und treiben diese volltönenden Namen in die Ohren der Hörer wie mit Hammerschlägen. Dann fangen sie an, ein unsäglich albernes, hyperscholastisches Spiel zu spielen und mit Syllogismen, Konklusionen, Korollarien und Suppositionen vor dem naiven Kirchenvolk nur so um sich zu werfen. Bleibt noch der fünfte Akt, wo es gilt, den Meisterschuß zu tun. Da holen sie mir eine dumme, abgeschmackte Geschichte hervor, aus dem »Geschichtsspiegel« etwa oder aus den »Taten der Römer«, legen sie aus, und fertig ist die Chimaera, eine Mißgeburt, an deren Phantastik auch Horaz nicht heranreichte, als er schrieb:

> »Ein Menschenkopf, ein Pferdehals, Gefieder,
> Von allen Wesen hergeholte Glieder,
> Der Oberteil ein Weib, allein das Ende
> Ein garstig schwarzer Fischschwanz – sagt, wer fände
> Den Maler, der ein solches Bild euch wiese,
> Nicht reif fürs Narrenhaus? ...«

Allein, nun haben sie von irgendwem gehört, der Anfang einer Rede sei gemessen und ja nicht zu laut vorzutragen. Darum beginnen sie so leise, daß sie sich selber nicht hören, als ob es einen Sinn hätte, zu sagen, was niemand versteht. Sie haben ferner gehört, man müsse hin und wieder, um die Leute aufzurütteln, einen Ausruf anbringen. Also lassen sie ihren gedämpften Ton urplötzlich in verrücktes Fortissimo umschlagen, ein Mal über das andere, auch wenn es gar nicht vonnöten (vonnöten aber schiene für den Mann ein Mittel gegen Tobsucht), als wäre es einerlei, wo man schreit. Sie haben außerdem gehört, die Rede müsse fortschreitend immer feuriger werden.

Also sagen sie bei jedem neuen Teil den Anfang ganz langweilig her; dann aber legen sie los mit erstaunlicher Kraft, auch bei den gleichgültigsten Dingen, und werden nicht eher still, bevor man sie schon erstickt glaubt. Und schließlich haben sie gelernt, bei den alten Rhetoren stehe auch ein Wort vom Lachen. Also bemühen sie sich ebenfalls, ein paar Witze abzuschießen. Ihr gütigen Grazien, wie graziös sind diese Scherze und wie passend! Man denkt sofort: der Esel vor der Harfe. Sogar bissig werden sie dann und wann; doch will der Biß mehr kitzeln als schmerzen, und faustdick schmeicheln sie just dann, wenn sie tun, als nähmen sie kein Blatt vor den Mund. Mit einem Wort: man möchte schwören, sie hätten ihren Vortrag von den Marktschreiern gelernt. Die sind ihnen zwar noch über; doch gleichen sich beide so stark, daß sich jedermann sagt: entweder haben diese von jenen ihre Rhetorik oder jene von diesen. Dank meinem Segen finden sie aber genug Hörer, die einen Demosthenes oder Cicero auf der Kanzel glauben, hauptsächlich, was Kaufleute und Frauenzimmer sind. Denen suchen sie ja auch besonders zu gefallen, weil jene manch hübsches Stück vom ergaunerten Gewinn zu spenden pflegen, sobald man ihnen zweckmäßig um den Bart streicht; und die Frauen sind den Klosterleuten vor allem deshalb zugetan, weil sie so gern in ihre Brust das Herz ausschütten, wenn es Ärger gab wegen der Männer.

Ihr seht nun wohl, wie sehr mir diese Menschen verpflichtet sind: den paar nichtigen Zeremonien und lächerlichen Possen und ihrem Spektakel verdanken sie die reinste Tyrannenmacht und bilden sich ein, sie seien Redner wie Paulus oder Antonius. Allein, ich nehme nun gern Abschied von diesen Komödianten; sie sind so undankbar wie unehrlich: meine Verdienste leugnen sie und Frömmigkeit heucheln sie.

Gern aber spreche ich endlich auch von den Königen und den Herren am Hofe ein Wörtlein; sie bekennen sich doch so aufrichtig und freimütig, wie es Freien ansteht, zu mir.

Hätten sie freilich nur eine halbe Unze Verstand, so wäre ihr Leben traurig und abschreckend wie kein zweites; denn wer würde einen Thron – gar noch durch Treubruch oder Brudermord – zu gewinnen wünschen, der erwogen hat, welche Last auf die Schultern desjenigen drückt, der ein wahrer Fürst sein will? Er müßte sich sagen:»Wer das Staatsruder in die Hand nimmt, wirkt für die andern, nicht für sich, und darf nur an den gemeinen Nutzen denken. Von den Gesetzen, die selber zu geben und auszuführen seines Amtes ist, darf er keinen Finger breit abweichen. Er muß für die Redlichkeit aller Beamten und Obrigkeiten einstehen. Auf ihn sind aller Augen gerichtet, kann er doch entweder wie ein freundliches Gestirn durch seinen untadeligen Wandel Heil und Segen über die Welt bringen oder aber wie ein unheilschwangerer Komet Tod und Verderben senden. Anderer Fehler bedeuten nicht so viel, und ihre Wirkungen reichen nicht so weit; ein Fürst aber steht so hoch oben, daß ein kleiner Fehltritt neben den Pfad der Tugend genügt, und augenblicklich wälzt sich in breiter Lawine das Verderben über das Land. Dann bringt der Rang eines Fürsten so manches mit sich, was gern vom rechten Wege ableitet: die nobeln Passionen, die Selbstherrlichkeit, die Liebedienerei, das Wohlleben. Da heißt es denn, stark an der Arbeit und scharf auf der Hut sein, um ja nicht, vielleicht gutgläubig, seine Pflicht irgendwo zu versäumen. Und schließlich, um von Intrigen, Haß und andern Gefahren oder Ängsten zu schweigen, thront über seinem Haupte jener wahre König, der binnen kurzem über jedes kleinste Vergehen von ihm wird Rechenschaft fordern, und das um so strenger, je weiter seine Macht einst reichte.»Ja, sage ich, wenn ein Fürst dies und noch viel mehr dieser Art überlegte – er täte es, wäre er vernünftig –, so könnte er, ist es mir, weder schlafen noch mit Behagen zu Tische sitzen.

Nun aber, dank meiner Gnade, befehlen sie all diese Sorgen den Göttern und lassen sichs wohl sein. Niemand hat Zutritt zu ihrem Ohr, außer wer Angenehmes zu sagen weiß, damit ja kein Wölkchen ihr Gemüt beschatte. Sie glauben, alle Fürstenpflichten wacker zu erfüllen, wenn sie fleißig jagen, schöne Pferde halten, Ämter und Stellen verschachern und täglich eine neue Methode ausdenken lassen, wie der Bürger zu brandschatzen und sein Geld in die eigene Tasche zu leiten wäre, aber geschickt, mit erfundenen Rechtstiteln, damit auch das krasseste Unrecht seine Blöße mit einem Schimmer von Gerechtigkeit decke. Sie spenden dazu mit Berechnung die schönsten Komplimente, um auf jede Weise die Leute einzuseifen.

Jetzt stellt euch einen solchen Fürsten vor, wie sie oft sind, einen Menschen, der von Gesetzen nichts weiß, einen Feind des Gemeinwohls, nur auf persönlichen Vorteil bedacht, einen Sklaven seiner Lüste, einen Hasser der Bildung, der Freiheit, der Wahrheit, einen Mann, der an nichts so wenig denkt wie an die Wohlfahrt seines Landes und nur seine Laune und seinen Profit als Maßstab kennt; legt ihm eine goldene Halskette um, das Symbol der Harmonie aller verschwisterten Tugenden; setzt ihm aufs Haupt eine Krone von Gold und Juwelen, zur steten Mahnung an seine Pflicht, in jeglichem Heroismus ein leuchtendes Vorbild zu sein; drückt ihm ein Szepter in die Hand, das Wahrzeichen der Gerechtigkeit und eines geraden, gegen jede Versuchung gewappneten Sinnes, und hängt ihm schließlieh den Purpur um, das Sinnbild brennender Liebe zum Lande – vergliche ein Fürst diesen Ornat mit seinem Wandel, er müßte, meine ich, schamrot werden vor seinem Prachtgewand und fürchten, ein naseweiser Deutebold möchte den ganzen theatralischen Pomp dem Gelächter und Gespötte preisgeben.

Was soll ich aber erst von den Edelleuten am Hofe sagen? Wer ist so unfrei, unterwürfig, läppisch und gemein wie sie? Und doch wollen sie die Blüte der Menschheit vorstellen. Nur auf eines erheben sie freilich keinen Anspruch: sie sind es zufrieden, Gold, Edelsteine, Purpur und solche Symbole der Tugenden und der Weisheit am Leibe herumzutragen; die Tugenden selbst zu erwerben, überlassen sie völlig den andern. Sie beglückt es genug, daß sie den König ihren Gnädigen Herrn nennen dürfen, daß sie gelernt haben, wie man ihn kurz, mit drei Worten, begrüßt, daß sie wissen, wie man so untertänige Anreden wie Eure Durchlaucht, Eure Hoheit, Eure Herrlichkeit alle Augenblicke an den Mann bringt, daß sie das Schamgefühl gründlich sich abgewöhnt haben und nie verlegen sind um eine geistreiche Schmeichelei; denn solche Künste zieren den echten Kavalier. Mustert man aber ihr Tun und Treiben genauer, so entpuppen sie sich als die reinen Phäaken oder die richtigen Freier der Penelope − ihr kennt ja die Fortsetzung im Gedicht, und Echo wird es euch besser wiederholen als ich. Da wird geschlafen tief in den Morgen hinein; schon steht dann ein Pfäfflein am Bett bereit, um im Taglohn flink die heilige Handlung zu erledigen, während der Junker noch halb in den Federn liegt. Nun geht es zum Frühstück, und kaum ist es bewältigt, stört schon wieder das Mittagsmahl. Darauf beschäftigt man sich mit Würfeln, Schach und Kartenspiel, mit Narren, Spaßmachern und Weibern, treibt Schabernack und Unsinn und vespert dazwischen einmal oder zweimal. Dann wartet die Abendtafel und nachher noch der Schlaftrunk, aber bei Gott nicht nur einer. So gleiten ihnen die Stunden, Tage, Monate, Jahre, Jahrzehnte dahin, ohne daß sie des Daseins müde werden.

Ich möchte manchmal selbst zerplatzen, wenn ich mir diese Dickwänste betrachte, wie sich da jede Dame um so gottähnlicher dünkt, je länger der Schweif ist, den sie nachschleppt, wie ein Kavalier den andern mit dem Ellbogen wegdrängt, um ja der erste neben ihrem Herrgott zu scheinen, wie jeder den Kopf um so höher trägt, je schwerer auf dem Nacken die Halskette lastet, weil er auch mit seiner Kraft, nicht bloß mit seinem Reichtum protzen will.

Was bei den Fürsten Brauch, ahmen Päpste, Kardinäle und Bischöfe schon lange nach und überbieten es fast. Begreiflich, denn redete einer von ihnen so zu sich:»Wozu ermahnt dich dein Linnengewand, das so weiß strahlt wie der Schnee? Doch wohl zu einem makellosen Lebenswandel. Was bedeutet die zweizipflige Mitra, deren beide Hörner dasselbe Band umschlingt? Doch wohl die gründliche Kenntnis beider Glaubensurkunden, der neuen so gut wie der alten. Wozu verpflichtet der schützende Handschuh deine Hände? Zur lautern, von jedem irdischen Makel reinen Verwaltung der Sakramente. Wozu der Hirtenstab? Zur gewissenhaften Aufsicht über die anvertraute Herde. Wozu das Kreuz, das man dir voranträgt? Zur Überwindung aller menschlichen Leidenschaften.« Überlegte sich, sage ich, ein Bischof dies und viel Ähnliches, würde sein Leben nicht traurig und sorgenvoll? Nun aber haben sie es hübsch: sie weiden sich selber und überlassen die Sorge um ihre Schafe entweder Christo oder bürden sie einem Bruder, wie man sagt, einem Stellvertreter auf. Nicht einmal ihr Titel Episcopus gibt ihnen zu denken; sie vergessen, daß er Aufseher heißt, also Arbeit, Sorge, Unrast. Freilich, wo es gilt, Gelder zu fischen, da führen sie scharf Aufsicht, da gibt es kein »blindes Umhersehn«.

Nicht anders halten es die Kardinäle. Sagte sich einer: »Wir stehen an der Stelle der Apostel. Dasselbe verlangt man von uns, was jene geleistet haben. Wir sind nicht Herren, wir sind Verwalter der Gaben des heiligen Geistes und müssen darüber nach kurzer Frist genaueste Rechenschaft geben«, oder philosophierte gar einer im Ornat ein bißchen und fragte sich etwa: »Was verlangt von dir der Glanz deiner Kleidung da? Ich denke peinliche, vorbildliche Reinheit des Wandels. Was der Purpurrock? Ich denke brennende Liebe zu Gott. Und was der Purpurmantel, der in bauschiger Weite auseinanderwallt und auch das Maultier Seiner Eminenz völlig verhüllt, ja, für ein Kamel noch lang und breit genug wäre? Er verpflichtet zu jener christlichen Liebe, die alles umfassen und allen helfen will, die bereit ist, zu lehren, zu mahnen, zu trösten, zu schelten, zu warnen, zum Frieden zu reden, aufzutreten gegen schlechte Regenten und selbst das Blut für die Christenherde mit Freuden hinzugeben, nicht bloß das Gut – was sollte auch irdisch Gut bei einem Manne, der die armen Apostel vertritt?« Sagten sie sich diese Wahrheiten, so nähme das Wettrennen um den Purpur bald ein Ende, und gerne ließen sie ihn andern, oder ihr Leben würde voll Arbeit und Unrast wie das der alten Apostel.

Aber wenn erst die Päpste, die an Christi Statt stehen, es versuchen wollten, auch seinem Wandel nachzuleben, das heißt seiner Armut, seiner Arbeit, seinem Lehren, seinem Kreuz, seiner Todesbereitschaft, oder wenn sie an ihren Namen »Vater« und den Zunamen »heiligster«

dächten, wessen Herz wäre so bedrückt wie das ihre? Wer wollte noch den päpstlichen Stuhl um jeden Preis kaufen oder diesen Kauf mit dem Schwert, mit Gift, mit jeder Gewalttat behaupten? Wieviel Schönes hätte ein Ende, wenn einmal Weisheit über einen Papst käme – Weisheit sagte ich? – nein, wenn er nur ein Körnchen jenes Salzes verspürte, von welchem Christus spricht! Es wäre geschehen um Geld, Ehre, Macht und Herrlichkeit, um Rechte, Dispense, Steuern, Ablässe, um Pferde, Maultiere, Trabanten, um all die Pracht und Behaglichkeit – ihr wißt ja, welcher Jahrmarkt, welche Ernte, welche Ströme von Reichtum mit diesen wenigen Worten umschrieben sind. Nun hieße es wachen, fasten, weinen, beten, predigen, studieren, seufzen und flehen und tausend andere Kasteiungen auf sich nehmen. Unzählige Schreiber, Kopisten, Aktuare, Advokaten, Promotoren, Sekretäre, Maultier-treiber, Reitknechte, Wechsler, Kuppler und – still! was ich da noch erwähnen wollte, dürfte zu gröblich klingen – kurzum diese ganz fatale – verzeiht, ich meinte feudale – Gesellschaft um den römischen Stuhl, diese Riesenmenge von Menschen würde brotlos. Das wäre unmenschlich und abscheulich; aber entsetzlicher noch, daß die höchsten Fürsten der Kirche, die wahren Leuchten dieser Welt, wieder zu Ränzel und Wanderstab greifen müßten. Jetzt lassen sie das, was Mühe und Arbeit bringt, in der Regel dem Petrus und dem Paulus – die haben ja Muße genug –, was aber Glanz und Vergnügen, das behalten sie selbst.

Mir also ist es zu danken, wenn fast niemand so behaglich und sorgenfrei lebt. Sie meinen, es sei den Geboten Christi reichlich genügt, wenn sie mit seltsamem, theatralischem Pomp, mit Zeremonien, mit Titeln wie Seligkeit, Erhabenheit, Heiligkeit, mit Segnungen und Verfluchungen den Bischof spielen.

Altmodisch und abgedroschen und ohnehin nicht mehr zeitgemäß wäre es doch, Wunder zu tun; das Volk unterweisen wäre mühsam, die Schrift auslegen schulmeisterlich, beten zeitraubend, flehend Tränen vergießen kläglich und weibisch, in Armut leben unschön, sich binden lassen schimpflich und unschicklich für den, der kaum den mächtigsten Königen den Kuß auf seinen hochwürdigsten Fuß verstattet, sterben wäre unangenehm, gekreuzigt werden entehrend. So bleibt ihnen nichts, als sich mit jenen süßen Reden zu wappnen, von denen Paulus spricht, und da sind sie nun wirklich recht freigebig mit Interdiktionen, Suspensionen, Aggravationen, Redaggravationen, Anathematizationen, mit Bildern der Höllenpein des Verfluchten und dann mit jenem schrecklichen Strahl, der auf einen Wink die Seelen der Sterblichen noch unter die tiefste Hölle hinabschmettert. Ihn freilich schleudern die heiligsten Väter in Christo und Stellvertreter Christi gegen niemand mit solcher Wucht wie gegen die Vermessenen, die, vom Teufel gereizt, das Erbe Petri zu mindern und anzunagen versuchen. Im Evangelium steht zwar Petri Wort:»Wir haben alles verlassen und sind Dir nachgefolgt«; sie aber heißen sein Erbe Ländereien, Städte, Steuern, Zölle und Herrschaftsrechte. Erst wenn ein Papst, voll heiligen Eifers für Christus, zum Schutz dieser Güter mit Feuer und Schwert sich zur Wehre setzt und dabei Christenblut stromweise verspritzt, glaubt er die Kirche, die Braut Christi, nach rechter Apostelart zu verteidigen; zerschmettern will er ihre Feinde – so lautet der Ausdruck, wie wenn die Kirche schlimmere Feinde hätte als gewissenlose Päpste, deren Schweigen den Heiland der Vergessenheit preisgibt, deren erpresserischen Gesetze ihn ausbeuten, deren verdrehten Auslegungen ihn entstellen, deren sündhaftes Leben ihn kreuzigt. Und da die christliche Kirche aus Blut entstand, durch Blut gefestigt, durch Blut gemehrt wurde, so führen sie auch jetzt, gleich als ob der Christus tot wäre, dernach seiner Art die Seinen zu schützen vermöchte, mit dem Schwert ihre Sache. Nun ist der Krieg eine so fürchterliche Rohheit, daß er den Bestien, aber nicht den Menschen ansteht, ist ein so toller Wahnsinn, daß auch die Dichter ihn von den Furien gesandt sein lassen, ist eine so verheerende Pest, daß er alles, was das sittliche Leben verseucht, auf die Menschheit mit einmal losläßt, ist eine so brutale Gewalttat, daß die schlimmsten Räuber ihn gewöhnlich am besten führen, ist ein so widergöttliches Tun, daß er mit Christus nicht das geringste zu schaffen hat – und doch vergessen die Päpste darob alles und gehen auf in ihren Kriegen. Da werden abgelebte Greise so frisch und stark wie die Jungen: keine Kosten sind ihnen zu groß, keine Strapazen zu schwer, keine Bedenken zu gewichtig, ob auch Recht, Religion und Friede und die ganze Welt darob in Brüche gehen. Da fehlen auch nicht gelehrte Schmeichler, die diesen hellen Wahnsinn in christlichen Eifer, Frömmigkeit, Tapferkeit umtaufen und einen Weg ausgeklügelt haben, wie es möglich ist, den Mordstahl zu zücken und in die Brust des Bruders zu stoßen, ohne doch jener höchsten Liebespflicht untreu zu werden, die nach Christi Lehre ein Christ an seinem Nächsten zu tun hat.

Viel ungescheuter noch treiben es manche Bischöfe der Deutschen; ich weiß nur nicht, ob sie oder die Päpste den Anfang machten. Nichts kümmert sie Gottesdienst, nichts Spendung des Segens und was solcher frommer Gebräuche noch sind: sie leben wie die kriegerischsten Satrapen und halten es fast für eine Feigheit, eine Schändung der bischöflichen Würde, nicht auf dem Schlachtfeld Gott ihre Heldenseele zurückzugeben.

Und erst das Volk der Priester! Sünde schiene es ihnen, aus der Art zu schlagen und es der Heiligkeit ihrer Oberhirten nicht gleichzutun. Hei, wie tapfer wehren sie sich für ihre Zehnten mit Schwertern, Spießen, Steinen und jeder tüchtigen Waffe und spähen scharf, ob nicht aus alten Pergamenten etwas zu holen sei, das liebe dumme Volk damit zu schrecken und meinen zu machen, es schulde ihnen noch mehr als den Zehnten. Dabei stört sie nicht im geringsten, was überall von der Pflicht geschrieben steht, die sie ihrerseits an dem Volke erfüllen sollten; selbst ihre Tonsur erinnert sie nicht daran, daß der Priester sich frei halten muß von allen Begierden dieser Welt und nur Himmelsgedanken hegen darf. Diese köstlichen Leute versichern, ihre Schuldigkeit sei getan, wenn sie ihre paar kurzen Gebete schlecht und recht heruntermurmeln – es sollte bei Gott mich wundern, ob ein Himmlischer davon ein Wort hört oder versteht, da sie ja selber auch dann kaum etwas hören oder verstehen, wenn ihr Mundwerk fortissimo klappert. In einem zwar halten sie es genau wie die Laien: wo es Nutzen zu ernten gilt, da schläft keiner, da kennt sich jeder in den Geboten aus. Heißt es dagegen eine Bürde tragen, so weiß sie jeder pfiffig auf fremde Schultern abzuladen, und einer gibt sie dem andern weiter wie beim Spiel den Ball. Wie nämlich die weltlichen Fürsten manche Aufgaben Statthaltern überweisen und diese Statthalter ihren Statthaltern, so überlassen sie, bescheiden wie sie sind, die Betätigung der Frömmigkeit gänzlich dem Volk; das Volk schiebt sie auf die ab, die es Kirchenmänner heißt, wie wenn es selbst mit der Kirche überhaupt nichts zu schaffen hätte und die Taufe umsonst gewesen wäre; die Priester wieder, die sich Weltgeistliche nennen, als wären sie der Welt, nicht Christo geweiht, schieben die Last den Regulierten zu, die Regulierten den Mönchen, die freieren Mönche den strengeren, sie alle miteinander den Bettelmönchen, die Bettelmönche den Kartäusern. Bei denen allein hat die Frömmigkeit ihre Ruhestatt gefunden und ist geborgen, so gut geborgen, daß man sie kaum je zu Gesichte bekommt. Die Päpste, peinlich gewissenhaft beim Ernten des Geldes, übertragen jene allzu apostolische Arbeit den Bischöfen, die Bischöfe den Pfarrern, die Pfarrer den Vikaren, die Vikare den Bettelmönchen, und diese laden sie weiter auf die Brüder ab, welche die Schäflein scheren.

Allein, es ist nicht meine Absicht, das ganze Tun und Lassen der Päpste und Priester durchzunehmen, sonst sieht es am Ende aus, als wollte ich Stoff zu einer Satire sammeln, nicht eine Lobrede halten, oder als wollte ich gegen die guten Kirchenfürsten sticheln, indem ich die schlechten lobe. Ich habe nur darum mit ein paar Worten an diese Dinge gerührt, weil ich zu zeigen wünschte, daß kein Mensch behaglich zu leben vermag, ohne von mir geweiht und bei mir beliebt zu sein. Wie wäre das überdies möglich, da auch die Göttin von Rhamnus, die Spenderin glücklichen Zufalls, mit mir ein Herz und eine Seele ist und die Weisen stets feindselig gemieden, dagegen die Toren selbst im Schlaf mit ihren Gaben überschüttet hat? Ihr kennt ja den Ausdruck:»und wenn er schnarcht, gehn ihm die Fische ins Netz«, oder»dem bringts die Eule«. Dagegen passen auf die Weisen die bekannten Redensarten,»er ist vom vierten Monatstag«,»er sitzt auf dem Pferde des Sejus«,»sein Gold stammt aus Tolosa«. Doch genug der Sprichwörter, sonst meint man, ich hätte die Sammlung meines Erasmus bestohlen.

Also, um wieder zur Sache zu kommen: das Glück liebt nun einmal die Unvernünftigen, es liebt die Draufgänger und die Leute, die es mit dem Worte halten,»der Würfel sei gefallen!« Das Wissen dagegen macht schüchtern; darum seht ihr überall, daß jene Weisen aus Armut und Hungerleiderei und stickiger Luft nie herauskommen und im Leben nur Verachtung, Mißerfolg und Haß ernten; die Toren aber schwimmen im Gold, sie kriegen das Staatsruder in die Hand, kurzum, sie machen, wo sie wollen, das glänzendste Geschäft. Denn wer sein Glück darin sieht, »fürstlicher Männer Gefallen zu finden« und an den Höfen meiner Juwelengötzen zu leben, kann nichts so wenig brauchen wie Weisheit; so verfemt wie sie ist nichts bei diesem Menschenschlag.

Gilt es, reich zu werden, wohin wird es ein Kaufmann bringen, wenn er getreu den Vorschriften der Weisheit vor einem Vertragsbruch zurückscheut oder, beim Lügen ertappt, gleich rot wird, oder sich um die kleinlichen Bedenken der Weisen in Sachen Diebstahls und Wuchers nur einen Deut kümmert? Bewirbt sich einer um Würden und Pfründen – ein Esel, ein Stallknecht wird schneller am Ziele sein als ein Weiser. Steht dein Sinn nach den Freuden der Welt, nun – die Weiber, die Hauptpersonen in diesem Kapitel, sind mit Leib und Seele den Toren zugetan; vor einem Weisen graut es ihnen und reißen sie aus, als wärs ein Skorpion. Ja, wer überhaupt sich sein Leben kurzweilig und lustig einrichten will, wird vor allem keinen Weisen einlassen und lieber ein wildes Tier bei sich willkommen heißen. Um es kurz zu machen: wohin man blickt, bei Päpsten, Fürsten, Richtern, Behörden, Freund und Feind, Hoch und Niedrig, überall gilt nur der blanke Taler, und weil den Weisen an ihm nichts liegt, so kehrt man ihnen prompt den Rücken.

So könnte ich mich noch lange rühmen, und meines Lobes ist eigentlich kein Ende; allein meine Rede muß einmal ein Ende nehmen. Ich will darum schließen; nur noch ein paar Worte zum Nachweis, daß es nicht an gewichtigen Autoritäten fehlt, die in Büchern und Taten von mir zeugen – sonst scheint es vielleicht, ich fände törichterweise ganz allein etwas an mir, oder die Paragraphenhelden streuen aus, ich könne mich auf keine Stellen berufen. So wollen wir uns denn berufen, gerade wie sie, das heißt auf Stellen, die zur Sache nichts tun.
Zunächst weiß jedermann, was zudem ein bekanntes Sprichwort lehrt: Fehlt die Sache, tuts auch der Schein.

Daher läßt man mit Recht die Knaben schon frühe den Vers lernen:

>>Stell dich nur dumm zur rechten Zeit,
Und keiner ist wie du gescheit.<<

Berechnet nun selbst, welch köstliches Gut die Torheit sein muß, wenn sogar ihr trügerischer Schatten, ihre bloße Nachahmung, so reiches Lob bei den Gelehrten erntet. Noch klarer sagt das Horaz, das feiste, glänzende Schweinchen aus der Herde Epikurs, wenn er dem Freunde zuruft: >>Gieß einen Becher Tollheit zum nüchternen Verstand!<< Freilich etwas unklug fügt er hinzu >>einen kleinen<<, bekennt aber dann: >>Süß ists, zur rechten Zeit zu rasen.<< Anderswo wieder erklärt er, es sei ihm lieber

>>als Stümper oder Narr zu gelten;
Denn kennt man gründlich in der Kunst sich aus,
Schmeckt selten mehr der eignen Verse Schmaus.<<

Schon bei Homer wird Telemach, den er in allen Tonarten besingt, oft junger Tor genannt, und mit demselben Beinamen als gutem Vorzeichen auf den Lebensweg Knaben und Jünglinge auszusteuern, ist eine gern geübte Gewohnheit der Dichter. Was erzählt erst die ganze heilige Ilias anderes als »wie dumme Fürsten, dumme Völker wüten«? Aber das Letzte zu meinem Ruhme sagt Cicero mit dem Satz: »Die Welt ist voller Toren.« Denn so stehts doch mit einem jeglichen Gut: je weiter verbreitet es ist, um so größer sein Wert.

Jedoch haben vielleicht einem Christenmenschen diese Gewährsmänner wenig zu bedeuten. So wollen wir denn, falls es beliebt, auch durch Worte Heiliger Schrift unsern Anspruch auf Lob und Ehre rechtfertigen oder, wie die Gelehrten sagen, belegen. Zuvor aber bitte ich die Herren Theologen um die Gnade, sie möchten es uns ohne Sünde tun lassen; und dann habe ich noch ein Anliegen. Wir gehen an ein schweres Werk; allein schon wieder den Musen den weiten Weg vom Helikon zuzumuten, wäre wohl stark, zumal sie der Sache etwas ferner stehen. So dürfte es passender sein, den Wunsch zu äußern, es möchte doch, solange ich den Theologen spiele und mich durch diese Dornen winde, die Seele des Scotus für ein Weilchen von ihrer Sorbonne in meine Brust übersiedeln samt all ihren Stacheln – kein Stachelschwein, kein Igel trägt mehr und spitzere –; nachher mag sie gleich wieder gehen, wohin sie will, meinetwegen zum Kuckuck. Auch eine andere Miene wollte ich mir aufsetzen können und Theologentracht tragen. Bei alledem fürchte ich nur, als Diebin verklagt zu werden, da es aussieht, als hätte ich verstohlen die Bücherschränke Unserer Herren Magistri geplündert, wenn man soviel Theologisches bei mir entdeckt. Und doch ist es nicht zum Verwundern, wenn ich in meinem langen intimen Zusammensein mit den Theologen mir dies und jenes aneignete; denn auch Priap, der Gott aus Feigenholz, hat aus dem Munde seines lesenden Herrn ein paar griechische Wörter aufgeschnappt und behalten, und der Hahn, von dem Lucian berichtet, hat dank seinem langen Aufenthalt unter den Menschen ihre Sprache fließend gesprochen. Doch nun zur Sache; möge ein guter Stern über uns walten.

Da schreibt der Prediger Salomo im ersten Kapitel:»Die Zahl der Toren ist unendlich.« Wenn er ihre Zahl unendlich nennt, so faßt er damit offenbar die Gesamtheit der Menschen zusammen, außer ein paar wenigen, die schwerlich jemand gesehen hat. Doch viel offener bekennt das Jeremias, wenn er im zehnten Kapitel sagt:»Zum Toren ist jeder Mensch geworden von seiner Weisheit.« Gott allein spricht er Weisheit zu; für die Menschen alle bleibt die Torheit. Kurz vorher warnt er:»Ein Mensch rühme sich nicht seiner Weisheit.« Warum soll sich ein Mensch seiner Weisheit nicht rühmen, mein bester Jeremias? Einfach darum, wird die Antwort lauten, weil er keine hat. Doch zurück zum Prediger Salomo. Wenn er ausruft:»Es ist alles ganz eitel; es ist alles ganz eitel!«, was anderes meint er damit, als daß, genau wie ich sagte, das menschliche Leben nichts als ein kurzweiliges Spiel der Torheit ist? Er stimmt somit dem Lobspruch Ciceros bei, dessen eben erwähntes Wort»die Welt ist voller Toren« mit Fug und Recht in aller Munde lebt. Und wenn der weise Sirach lehrt:»Der Tor wandelt sich wie der Mond; der Weise bleibt wie die Sonne«, was anderes deutet er damit an, als daß das ganze Menschengeschlecht töricht ist und Gott allein der Name»der Weise« gebührt? Denn unter dem Mond verstehen die Ausleger das menschliche Wesen, unter der Sonne dagegen die Quelle alles Lichtes, Gott; und bestätigt wird das durch Christi Wort im Evangelium, niemand sei gut denn Gott allein. Ist nun jeder ein Tor, der kein Weiser ist, und jeder Gute zugleich ein Weiser, wie die Stoiker behaupten, so folgt, daß die Torheit alle Sterblichen umfaßt. Und hören wir wieder Salomo im fünfzehnten Kapitel der Sprüche:»Die Torheit ist dem Toren eine Freude«. Das besagt doch unzweideutig, es gebe ohne Torheit im Leben nichts Schönes. Denselben Sinn hat der bekannte Spruch:»Wer sich Weisheit erwirbt, erwirbt sich Kummer, und in der Fülle des Wissens liegt eine Fülle des Schmerzes«, und ebenso gesteht der treffliche Prediger im siebenten Kapitel:»Das Herz des Weisen ist dort, wo die Traurigkeit, und das Herz des Toren dort, wo die Freude.« Darum genügte es ihm nicht, die Weisheit auszustudieren – er suchte auch meine Bekanntschaft. Glaubt ihr mir das nicht ganz, so hört, was er im ersten Kapitel schreibt:»Und ich gab mein Herz daran, zu lernen Klugheit und Wissen, Irrtum und

Torheit«. Beachtet dabei: es bedeutet eine Auszeichnung, daß ich an letzter Stelle genannt bin. Der Prediger hat es geschrieben; die Kirche aber hält es mit der Ordnung so, daß der Würdigste zuletzt kommt – wenigstens darin getreu dem evangelischen Gebot.

Daß aber Torheit besser als Weisheit, bezeugt mit aller Deutlichkeit im vierundvierzigsten Kapitel der Verfasser des Buches Sirach – mag er gewesen sein, wer er will –; nur sollt ihr seine Worte erst vernehmen, wenn ihr meiner Deutung durch eine zweckdienliche Antwort entgegenkommt, wie das bei Plato die Partner des Sokrates tun. Was soll man eher verbergen – das Seltene und Kostbare oder das Gewöhnliche und Wertlose? Oder wäre wirklich einer von euch einfältig genug, seine Juwelen und sein Gold auf der Straße liegen zu lassen? Ich denke nein. Im verborgensten Kämmerlein oder lieber im geheimsten Winkel der bestgepanzerten Truhe bringt ihr dergleichen Kostbarkeiten in Sicherheit; den Dreck laßt ihr liegen, wo es ist. Wenn also das Kostbare verborgen, das Wertlose preisgegeben wird, ist dann nicht klar, daß Weisheit, die man nicht verbergen soll, wertloser ist als Torheit, die man verbergen soll? Nun hört den Wortlaut meiner Stelle: »Besser ist der Mann, der seine Torheit verbirgt, als der Mann, der seine Weisheit verbirgt.«

Auch selbstlose Güte schreibt die Heilige Schrift dem Toren zu, während der Weise nur sich kennt. So verstehe ich nämlich das Wort des Predigers im zehnten Kapitel:»Aber auch auf der Straße wandelnd hält der Tor, da er selbst töricht ist, alle für Toren.« Oder sollte das nicht unerhörte Selbstlosigkeit sein, jeden für seinesgleichen anzusehen und mit den andern, die alle die Nase hoch genug tragen, den eigenen Ruhm noch zu teilen? Darum schämte sich selbst König Salomo dieses Namens nicht, wenn er im dreißigsten Kapitel sagt:»Ich bin der Allertörichteste.« Auch Paulus, der große Heidenlehrer, steht gern zu seinem Torennamen, wenn er den Korinthern schreibt:»Ich rede töricht; ich bin es mehr als sie«, gerade als ob es unverzeihlich wäre, an Torheit hinter andern zurückzubleiben. Da höre ich jedoch ein paar vorlaute Gräzisten protestieren, Leutchen, die meinen, sie könnten der ganzen Theologenzunft unserer Zeit einfach den blauen Dunst ihrer Anmerkungen ins Gesicht blasen und so die Füchse fangen; wenn nicht der Erste, so doch der Zweite in dieser Gesellschaft ist mein Erasmus, den ich aus Höflichkeit gern öfters erwähne. Die höre ich nun rufen: »Ein wirklich einfältiges Zitat! Macht der Frau Torheit alle Ehre! Der Apostel meint etwas ganz anderes, als du da faselst. Er will gar nicht törichter als die übrigen sein, vielmehr, nachdem er gesagt ›Sie sind Diener Christi – ich auch!‹ und sich wie prahlend auch hierin neben die übrigen gestellt hat, fügt er verbessernd hinzu: ›Ich bins noch mehr‹; denn er fühlte sich den andern Aposteln im Dienst am Evangelium nicht gleichwertig nur, nein überlegen. Diese Wahrheit wollte er feststellen; damit jedoch nicht ein allzu selbstbewußter Ton das Ohr verletze, umgab er sie vorsichtig mit der Hülle der Torheit und erklärte: ›Ich rede töricht‹, denn er wußte, es ist das Vorrecht der Toren, die Wahrheit herauszusagen, ohne zu beleidigen.« Doch, was Paulus eigentlich meinte, sollen diese Herren unter sich ausmachen. Ich für mein Teil halte mich an die großen, massiven, handfesten, patentierten Theologen; denn die Gelehrten gehen, so wahr mir Gott helfe, fast alle lieber mit diesen auf dem falschen Weg als auf dem rechten mit jenen Dreizungenmenschen. Auch schätzt die Gelehrtenzunft die Gräzisten so wie der Bauer die Krähen im Saatfeld, und außerdem kann ich mich auf einen ersten Theologen berufen – seinen Namen behalte ich weislich für mich, sonst spritzen die eben erwähnten Krähen im Nu das griechische Hohnwort gegen ihn:»Der Esel mit der Lyra!«

Dieser Mann also erklärt unsere Stelle nach guter Magister- und Theologenart, indem er mit den Worten:»Ich rede töricht; ich bin es mehr«, einen neuen Sinnesabschnitt beginnen läßt und, was eben nur einem ganz feinen Dialektiker einfällt, durch einen neuen Satz ergänzt. Hier seine Auslegung nach Form und Materie:»Der Satz ›Ich rede töricht ...‹ bedeutet: komme ich euch schon töricht vor, wenn ich mich den falschen Aposteln gleichstelle, so werde ich euch noch törichter vorkommen, wenn ich mich sogar über sie stelle.« Bald freilich vergißt sich unser Gelehrter wieder und gerät in ein anderes Fahrwasser.

Aber warum mich ängstlich hinter diesem einen Gewährsmann verschanzen? Es ist ja anerkanntes Theologenrecht, den Himmel, will sagen, die Heilige Schrift, wie ein Fell nach allen Seiten zu ziehen. Denn schon der Apostel Paulus ficht mit Zitaten aus der Schrift, die an ihrem Fundort nicht für ihn sprechen; ja, wenn wir Hieronymus glauben, so hat er in Athen aus der Inschrift eines Altars, die er zufällig sah, ein Zeugnis christlichen Glaubens ganz einfach fabriziert: er unterschlug, was nicht paßte, und behielt nur den Schluß, aber änderte ihn erheblich, denn die vollständige Inschrift galt nicht »dem unbekannten Gott«, sondern »den Göttern Asiens, Europas und Afrikas, den unbekannten und fremden Göttern.« Sein Beispiel wohl macht, daß jetzt allüberall die Jünger der Theologie vier, fünf Wörtchen da und dort aus dem Zusammenhang reißen, nötigenfalls verdrehen und ganz nach Bedürfnis modeln, mag auch das, was vorangeht, und das, was folgt, ihren Behauptungen nicht im geringsten entsprechen oder gar widersprechen. Das besorgen sie mit so erfolgreicher Frechheit, daß mancher Jurist die Theologen beneidet.

Und in der Tat muß ihnen alles gelingen, seitdem jener große – fast wäre mir der Name entfahren, doch ich denke mit Schrecken an die griechische Redensart vom Esel – aus einer Stelle des Lukas einen Sinn herauspreßte, der sich mit dem Geiste Christi verträgt wie Feuer mit Wasser. Als es nämlich dem letzten Kampfe entgegenging, in der Stunde also, da je und je sich brave Anhänger am engsten um ihre Führer scharen, entschlossen, mit aller Kraft für sie dreinzuschlagen, wollte Christus den Jüngern zu verstehen geben, auf solche Wehr sollten sie sich nimmer verlassen, und fragte sie darum, ob jemals ihnen etwas gemangelt habe, so oft sie ausgezogen seien ohne Zehrpfennig, ohne Schuhe gegen böse Dornen und Steine und ohne volle Tasche, gegen den Hunger. Als sie verneinten, fügte er hinzu: »Aber jetzt, wer einen Beutel hat, lege ihn weg, und ebenso die Tasche; und wer noch kein Schwert hat, verkaufe seinen Mantel und kaufe sich eines.« Wenn nun die ganze Lehre Christi nichts anderes einschärft als Friedfertigkeit, Bereitschaft zum Leiden und Verachtung des Lebens – wer sieht dann nicht klar, was er an dieser Stelle meint? Noch mehr als vorher will er seine Boten entwaffnen: nicht nur auf Schuhe und Tasche sollen sie verzichten, auch den Mantel noch sollen sie wegwerfen und unbehindert durch Kleidung und Gepäck die Aufgaben des Evangeliums in Angriff nehmen; nichts sollen sie anschaffen als ein Schwert – natürlich kein solches, wie es Räuber und Mörder führen, sondern das Schwert des Geistes, das in die verborgensten Falten des Herzens hinabreicht und mit einem einzigen Schnitt alle Triebe so gründlich zurückschneidet, daß nichts mehr dort aufkommt als fromme Gedanken.

Nun seht aber nur, wie jener hochberühmte Gelehrte diesen Sinn – verkehrte. Unter dem Schwert versteht er Verteidigung gegen Verfolgung und unter dem Beutel die Sorge für rechte Verpflegung, als ob Christus, andern Sinnes geworden, sich sagte, er habe am Ende bisher seine Gesandten zu wenig königlich ausgestattet, und nun seine früheren Weisungen reuig zurücknähme, oder als habe er seine Verheißung, daß sie selig würden, wenn Schimpf und Schmähung und Qual sie heimsuche, offenbar vergessen, vergessen seine Lehre, nicht zu widerstreben dem Übel, weil die Sanftmütigen selig seien, nicht die Trotzigen, vergessen auch, daß er sie auf das Beispiel der Sperlinge und Lilien verwies; jetzt wolle er sie nimmermehr ohne Schwert ziehen lassen und heiße sie darum selbst den Mantel gegen ein solches verkaufen und sähe sie lieber splitternackt als unbewaffnet von dannen wandern. Und wie unser Theologe im Worte »Schwert« alles inbegriffen glaubt, was zur Gegenwehr dienen kann, so findet er im Ausdruck »Beutel« zusammengefaßt, was der Mensch zum Leben braucht. So läßt dieser Deuter des göttlichen Gedankens die Apostel mit Lanzen, Armbrüsten, Schleudern und Donnerbüchsen bewaffnet ausziehen, den Gekreuzigten zu predigen, und belädt sie mit Geldkatze, Felleisen und Gepäck, auf daß sie ja nie eine Herberge ohne Frühstück verlassen müßten. Der Mann kehrt sich auch daran nicht, daß derselbe Christus das Schwert, dessen Ankauf er so strenge befohlen, gleich nachher in die Scheide zu stecken befiehlt, mit scheltenden Worten, und daß man nie davon hört, die Apostel hätten zu Schwert und Schild gegriffen, um sich der Heiden zu erwehren, und doch hätten sie es sicher getan, hätte Christus gemeint, was der Ausleger sagt.

Ein anderer Theologe, dessen Name keinen schlechten Klang hat – aus Höflichkeit verschweige ich ihn – hat einst aus den Zeltdecken, die Habakuk meinte, wenn er sagt »es werden verstört werden die Häute des Landes Madian«, die Haut des geschundenen Bartholomäus gemacht. Und neulich wohnte ich persönlich, wie oft, einer theologischen Disputation bei und hörte dort, was folgt. Fragte da einer, wo sich denn in der Schrift die maßgebende Stelle finde, die einen Ketzer durch den Scheiterhaufen statt durch ein Wechselgespräch bekehren heiße. Da fuhr ihn ein finsterer Alter entrüstet an – schon seine hochmütigen Brauen verrieten den Theologen –: »Der Apostel Paulus hat das geboten, denn er sagt: ›haereticum hominem post unam et alteram correptionem devita!‹« Niemand begriff; denn das heißt: »Einen ketzerischen Menschen meide, nachdem du ihn einmal und noch einmal zurechtgewiesen hast.« Der Alte schmetterte indessen diesen Satz mit Donnerstimme immer wieder heraus, so daß man sich schon fragte, ob dem Manne etwas zugestoßen sei, bis endlich das Rätsel sich löste: »devita«? zu deutsch »meide« – hatte sich der findige Kopf in zwei Wörter zerlegt, was dann freilich »aus der Welt« heißt, und flugs hatte er ergänzt »muß man ihn schaffen.« Nun lachten einige; aber andern schien die Erschleichung gut theologisch, und als trotzdem der Widerspruch noch nicht verstummte, sprang dem Ausleger ein zweiter Salomo bei, eine unanfechtbare Autorität. »Hier der Beweis«, sprach er. »Es steht geschrieben: ›Laß den Übeltäter nicht leben.‹ Jeder Ketzer ist ein Übeltäter, also –«. Diesen Geistesblitz bewunderten alle, alle traten dieser Ansicht bei, in polternden Magisterstiefeln. Keinem kam in den Sinn, daß jenes Gebot den Wahrsagern, Zauberern und Traumdeutern gilt, ansonst man ja auch Unzucht und Trunkenheit mit dem Tode ahnden müßte. Doch ist es eigentlich dumm, auf derlei weiter Jagd zu machen; unabsehbar wäre die Beute und füllte noch mehr Bände, als Chrysippus und Didymus gefüllt haben. Aber nicht wahr – wenn solches den gottähnlichen Herren Magistern verstattet ist, darf auch ich für mich schwache Theologin einige Nachsicht erwarten, wenn meine Zitate nicht alle ganz regelrecht ausfallen.

Jetzt endlich kehre ich wieder zu Paulus zurück. »Gerne«, sagt er, »ertragt ihr die Toren« und meint dabei sich. Oder: »Laßt mich euch als Toren gefallen ... Ich rede nicht im Sinne des Herrn, sondern wie in Torheit.« Und an anderer Stelle: »Wir sind Toren um Christi willen.«

Da hört ihr, wie laut ein solcher Zeuge mein Lob kündet! Aber noch mehr: dieselbe Autorität verordnet klar und deutlich Torheit als unentbehrliche und unfehlbar wirkende Arznei mit den Worten: »Wer unter euch weise scheint, soll töricht werden, damit er weise sei.« Und wie Lukas erzählt, begrüßte Jesus die beiden Jünger, zu denen er sich unterwegs gesellt hatte, als Toren. Dem lieben Gott selbst spricht Paulus sein Quantum Torheit zu; sagt er doch: »Was töricht ist an Gott, ist weiser als die Menschen«, und anzunehmen, mit dieser Torheit sei die Schwäche menschlichen Begreifens gemeint wie in der Stelle »das Wort vom Kreuz ist den Verlorenen eine Torheit«, das anzunehmen verwehrt uns Origenes.

Allein wozu in falscher Ängstlichkeit ein Zeugnis an das andere reihen? Spricht doch Christus allen hörbar in den heiligen Psalmen zu seinem Vater: »Du weißt meine Torheit.« Nicht von ungefähr gefallen dem Herrn die Toren so ausnehmend wohl – auch die hohen

Fürstlichkeiten trauen ja den allzuklugen Leuten nicht über den Weg, wie Caesar dem Brutus und dem Cassius, während ihn der Trunkenbold Antonius ruhig schlafen ließ, oder wie Nero dem Seneca, Dionysius dem Plato, wogegen ein harmloser Strohkopf ihnen alleweil Spaß macht. Genau so will Christus von diesen Weisen da, die auf ihre Klugheit pochen, nichts wissen und verdammt sie. Das bezeugt Paulus so klar wie möglich, wenn er sagt: »Was töricht ist in der Welt, hat Gott erwählt«, und: »Gott hat beschlossen, durch die Torheit die Welt zu retten«, da sie durch die Weisheit nicht konnte erlöst werden.

Ja, der Herr selbst verkündet das gleiche, wenn er durch den Mund des Propheten ruft: »Vernichten will ich die Weisheit der Weisen, und die Klugheit der Klugen will ich verwerfen«, oder wenn er dankt, daß das Geheimnis des Heils den Weisen verborgen, den »Kleinen« aber, das heißt den Toren, offenbart sei (denn statt »den Kleinen« steht im griechischen Text »den Toren«, im Gegensatz zu »den Weisen«). Hieher gehört auch, daß er allenthalben im Evangelium gegen die Pharisäer, Schriftgelehrten und Lehrer des Gesetzes auftritt, das ungelehrte Volk aber unermüdlich in Schutz nimmt; denn das Wort: »Wehe euch, ihr Schriftgelehrten und Pharisäer!« bedeutet nichts anderes als »Wehe euch, ihr Weisen!« An den Kleinen aber, an den Frauen und an den Fischern hat er offenbar seine größte Freude gehabt, und unter dem Geschlecht der vernunftlosen Tiere sind ihm die entferntesten Vettern des gescheiten Fuchses die liebsten, weshalb er es vorzog, auf einem Esel zu reiten, obwohl er, wenn er wollte, auf einem Löwen hätte ungefährdet Platz nehmen dürfen.

Auch der Heilige Geist schwebte in Gestalt einer Taube herab, nicht als Adler oder Geier; von Hirschen, Rehen, Lämmern spricht die Schrift alle Augenblicke – nicht zu vergessen, daß der Herr die Seinen, die er zum ewigen Leben bestimmt hat, Schafe nennt; daß aber das Schaf das allerdümmste Tier ist, sieht man nur schon aus dem sprichwörtlichen Ausdruck bei Aristoteles »sich wie ein Schaf benehmen«, und wir erinnern uns ja, daß diese Redensart, von der Dummheit des Tieres auf dumme, borniete Menschen übertragen, als Schimpfwort im Schwange ist. Und doch nennt sich Christus den Hirten dieser Herde und freute sich, selbst Lamm zu heißen, als der Täufer auf ihn wies mit den Worten: »Siehe, das ist Gottes Lamm«, wovon auch in der Offenbarung viel zu lesen steht. Diese Stellen rufen uns zu: die Menschen sind allesamt Toren, auch die Frommen; selbst Christus, der doch von der Weisheit des Vaters ist, entschloß sich, um der Torheit der Menschen zu helfen, gewissermaßen ein Tor zu werden, indem er menschliche Natur annahm und in Menschengestalt erschien, so wie er auch zur Sünde wurde, um unsere Sünden wiedergutzumachen. Als Mittel wählte er die Torheit des Kreuzes und die beschränkten, denkfaulen Apostel: ohne Unterlaß predigt er ihnen die Torheit, warnt er sie vor der Weisheit, heißt er sie auf das Beispiel der Kinder schauen, der Lilien, des Senfkorns, der Spätzlein, auf Wesen, denen Verstand und Urteil abgeht, die bloß von der Natur geleitet dahinleben, unbeschwert von Wissen und Sorgen; dazu verbietet er ihnen, sich zu fragen, wie und was sie vor den Großen dieser Erde reden sollten, und verweist ihnen das Grübeln über die kommende Zeit oder die kommende Stunde, offenbar, damit sie nicht auf ihre Klugheit bauten, sondern mit ganzem Herzen ihm ergeben wären. So untersagte auch Gott, der Weltenbaumeister, bei schwerer Strafe, vom Baume der Erkenntnis zu kosten: er wollte andeuten, Erkenntnis sei Gift für das Glück – Paulus sagt ja ganz offen, sie mache aufgeblasen und sei schädlich, und wohl nach seinem Vorgang erklärt der heilige Bernhard den Berg, auf welchem Luzifer seinen Sitz aufgeschlagen hatte, als den Berg der Erkenntnis.

Vielleicht darf ich für meine Behauptung, die Torheit stehe bei den Himmlischen in Gunst, auch folgendes anführen. Ihr allein verzeiht man einen Fehltritt, einem Weisen dagegen nicht, weshalb auch solche Sünder, die bewußt gefehlt haben, zum Bittgang sich den Mantel der Torheit umwerfen.

So betet Aaron um Erlaß der Strafe seines Weibes – im Vierten Mosis wohl –: »Ich beschwöre Dich, Herr, mein Gott, rechne uns diese Sünde nicht an, die wir in Torheit begangen«; so spricht Saul zu David in Reue: »Es ist offenbar, daß ich in Torheit gehandelt habe«; und David selbst sucht den Herrn mit der schmeichelnden Bitte zu versöhnen: »Aber ich bitte Dich, Herr, laß die Missetat Deines Knechtes hingehen, denn wir haben in Torheit gehandelt« – gerade als ob ihm Gnade versagt bliebe, wenn er sich nicht hinter Torheit und Unwissenheit verschanzte. Viel schwerer aber wiegt, daß der Gekreuzigte seine Bitte für die Feinde »Vater, vergib ihnen« mit nichts anderem empfahl als mit ihrer Unwissenheit? »denn sie wissen nicht, was sie tun.« Ebenso schreibt Paulus an Timotheus: »Aber darum habe ich die Barmherzigkeit Gottes erfahren, weil ich unwissend, im Unglauben, gehandelt habe.« Was heißt »unwissend« anderes als »aus Torheit, nicht aus Bosheit«? Was heißt »darum habe ich Barmherzigkeit erfahren«? Doch wohl, daß er sie ohne den Schutz und die Empfehlung der Torheit nicht würde erfahren haben. Auch der fromme Psalmist hält es mit uns, wenn er bittet – es fiel mir vorhin nur nicht rechtzeitig ein –: »Gedenke nicht der Sünden meiner Jugend und meiner Unwissenheiten.« Ihr hört, womit er sich entschuldigt: mit der Jugend, bei der man immer auch mich findet, und mit den Unwissenheiten – absichtlich in der Mehrzahl: er will die gewaltige Macht der Torheit damit anschaulich machen.

Allein, um nicht das Unerschöpfliche erschöpfen zu wollen und um nur die Hauptsache zu sagen: mir scheint, die christliche Religion steht überhaupt einer gewissen Torheit recht nahe; hingegen mit der Weisheit verträgt sie sich schlecht.

Wünscht ihr für diese Behauptung Beweise, so achtet darauf, ob nicht Kinder, alte Leute, Frauen und Beschränkte an den heiligen Handlungen des Gottesdienstes ganz besonders Vergnügen finden und immer die vordersten am Altare sind, offenbar einzig aus natürlichem Triebe. Sodann wißt ihr: jene Gründer der Religion haben die Einfalt herzlich geliebt, die Schriftgelehrsamkeit grimmig bekämpft. Und schließlich könnt ihr keinen Narren verrückter sich gebärden sehen als einen Menschen, den die Inbrunst christlicher Liebe einmal ganz gepackt hat: Hab und Gut schenkt er weg, keine Kränkung ficht ihn an, er läßt sich ruhig betrügen, unterscheidet nicht zwischen Freund und Feind, verabscheut die Freuden der Welt und lebt von Fasten, Wachen,

Weinen, von Verfolgung, Hohn und Spott; das Leben ist ihm ein Greuel, das Sterben ein Gewinn – mit einem Worte: für alles, was dem Menschenverstand einleuchtet, scheint er wie blind zu sein, als ob sein Geist sonst irgendwo lebte, nur nicht im Leibe. Heißt das aber nicht – verrückt sein? Wer wird sich da wundern, daß die Apostel voll süßen Weines schienen, oder daß Paulus dem Richter Festus wie ein Rasender vorkam?

Nachdem ich mir aber das Löwenfell einmal über die Ohren gestülpt habe, will ich gleich noch beweisen, daß auch die Seligkeit, um welche die Christen es sich so sauer werden lassen, nichts anderes ist als eine Art Wahnsinn und Torheit – stoßt euch nicht an dem Ausdruck; die Tatsachen müßt ihr prüfen.

Zum ersten. Die Christen glauben so ziemlich wie die Platoniker, die Seele sei verwickelt und verstrickt in die Fesseln des Leibes und seine massige Schwere hindere sie am Schauen und Genießen der Wahrheit, daher denn Plato die Philosophie als ein Sinnen auf den Tod definiert, weil sie den Geist von den augenfälligen, körperhaften Dingen wegführt wie der Tod. Solange nun die Seele sich der Werkzeuge des Körpers bedient, heißt man sie gesund; sobald sie sich aber auf ihre alte Freiheit besinnt, die Bande sprengen und fliehen will aus diesem Kerker, dann heißt man das krankhaft, und gelingt ihr die Flucht, etwa dank einer Krankheit, einem Fehler der Organe, so spricht alle Welt von Wahnsinn.

Allein nun erleben wir, daß diese Leute das Kommende voraussagen, niegelernte Sprachen und Wissenschaften beherrschen und überhaupt etwas Göttliches an sich haben, gewiß gerade nur darum, weil jetzt der Geist, dem Einfluß des Körpers entrückt, seine angeborene Kraft entfalten kann.

Das ist wohl auch der Grund, warum es manchen im Angesicht des Todes ganz ähnlich überkommt und er, wie vom Hauche des Geistes beseelt, gar wundersame Worte redet. Wenn nun inbrünstiger Frömmigkeit ebenso geschieht, so mag das vielleicht nicht derselbe Wahnsinn sein, gleicht ihm jedoch dermaßen, daß die meisten darin echte Verrücktheit sehen, zumal diese paar Dutzend Menschlein in all ihrem Tun und Lassen Sonderlinge sind. Daher geht es hier, wie in jenem Gleichnis des Plato, wo die Menschen, gefesselt in einer Höhle sitzend, die Schattenbilder der Dinge bestaunen, einer jedoch, der ausgerissen war, nach seiner Rückkehr in die Höhle sich rühmt, er habe die wirklichen Dinge gesehen, während sie mit ihrem Glauben, es gäbe außer den armseligen Schatten überhaupt nichts mehr, arg auf dem Holzwege seien. Er, der Weise, bedauert und beklagt den Wahn der andern, die in solcher Verblendung befangen blieben; sie umgekehrt schelten ihn höhnend einen Narren und jagen ihn hinaus. Geradeso bestaunt die Menge am meisten das, was am meisten körperhaft ist, und glaubt, es sei das so ziemlich das einzig Wirkliche. Anders die Frommen: je körperhafter, je wertloser, denken sie, kehren sich ab und enteilen dorthin, wo sie das Unsichtbare schauen. Jenen bedeutet das Geld das Höchste; dann kommt das Behagen des Leibes; nur zuletzt bleibt noch ein Plätzchen für die Seele, wiewohl die wenigsten an ihr Dasein glauben – man sieht sie ja nicht. Umgekehrt ist für die Frommen das höchste Ziel Gott selbst, das lauterste, reinste Sein; ihm streben sie unverwandt zu. Nach ihm, und doch auch wieder in ihm, gilt ihr Bemühen dem, was ihm am nächsten kommt, der Seele. Dem Leibe fragen sie nichts nach; Geld ist für sie, was Kehricht: sie lassen es liegen, werfen es fort, oder wenn sie sich schon mit derlei befassen müssen, tun sie es widerwillig, mit saurer Miene; sie haben, als hätten sie nicht, sie besitzen, als besäßen sie nicht.

Aber auch im einzelnen stechen sie stark von den andern ab. Da sind einmal die sinnlichen und geistigen Kräfte. Insgesamt mit dem Körper verschwistert, sind die einen etwas robuster, wie Gefühl, Gehör, Gesicht, Geruch, Geschmack, während andere ihm ferner stehen, wie Wille, Gedächtnis, Verstand. Nun bleibt eine Kraft nur dort frisch, wo sie sich rührt, und da doch die Seele des Frommen mit aller Macht in solche Höhen strebt, wo die gröberen Sinne nichts mehr zu tun finden, verkommen diese und verdummen – gerade umgekehrt stehts bei der Masse –;

und darum hören wir, es sei manchen gottseligen Männern passiert, daß sie statt Wein Öl tranken. Auch von den Affekten hat sich der eine und andere mit dem Leibe, dem feisten Gesellen, stark eingelassen, wie die Wollust, die Freude am Essen und Schlafen, der Jähzorn, der Hochmut, der Neid. Mit diesen führt der Fromme einen unerbittlichen Krieg – die Masse kann sich ein Leben ohne sie nicht denken.

Dann gibt es neutrale Affekte, natürliche, möchte ich sagen, wie die Liebe zu den Kindern, den Eltern, den Freunden. Auf sie hält die Menge nicht wenig. Der Fromme jedoch ist bemüht, sich auch sie aus dem Herzen zu reißen oder dann zu jener Höhe rein geistiger Betrachtung emporzusteigen, wo er in seinem Vater nicht mehr den Vater liebt – der zeugte ja bloß den Leib und auch den nur dank dem göttlichen Schöpfer –: den guten Menschen liebt er in ihm, das Wesen, aus welchem das Abbild jenes höchsten Geistes leuchtet, den allein er als höchstes Gut bezeichnet, neben dem er nichts zu kennen versichert, was der Verehrung oder des Strebens wert wäre.

Den gleichen Maßstab legen die Frommen an alles andere an, was es im Leben zu tun gibt: was in die Augen fällt, gilt ihnen nichts oder sicher weit weniger, als was sich den Blicken entzieht. Sie erklären, auch in den Sakramenten und in den frommen Werken lasse sich Sinnliches und Geistiges unterscheiden. So sehen sie im Fasten nichts besonders Verdienstliches, wenn einer bloß auf Fleisch und das übliche Mahl verzichtet, was doch die Menge vollkommenes Fasten heißt; er muß zugleich auch seine Leidenschaften knapp halten, darf dem Zorn, dem Übermut nicht wie sonst freien Lauf lassen.

Dafür soll dann der Geist, minder beschwert mit leiblicher Bürde, emporklimmen können bis dorthin, wo er die Herrlichkeiten des Himmels schmecken und genießen darf.

Ähnlich sagen sie von der Messe, es sei zwar nicht zu verwerfen, was dort an Zeremonien geschieht; wohl aber seien sie für sich allein recht wenig nütze oder gar schädlich, wenn nicht das Geistige dazutrete, nämlich das, was durch jene sichtbaren Zeichen veranschaulicht wird. Veranschaulicht wird aber der Tod Jesu Christi; ihn also sollen die Menschen nachahmend darstellen, indem sie die Begierden des Leibes fesseln, töten und begraben, um dann zum neuen Leben auferstehen und eins mit Christus, eins auch unter sich werden zu können. So denkt, so tut der Fromme. Die Menge dagegen glaubt, das Opfer bestehe nur darin, um den Altar sich zu scharen, möglichst nahe, das Getön der Stimmen sich anzuhören und anzusehen, was da noch sonst an gefälligen Zeremonien sich abspielt. Doch nicht nur hier – das waren lediglich Proben –, nein schlechthin auf dem ganzen Lebensweg kehrt sich der Fromme von allem ab, was leiblicher Art ist, und schwingt sich empor, dem Ewigen, Unsichtbaren, Geistigen zu. Nun seht: da also zwischen ihm und jenen im Urteil über alle Dinge der schroffste Gegensatz klafft, so nennt jede Partei die andere verrückt, nur daß dies Wort auf die Frommen viel eher paßt, wie ich wenigstens glaube.

Noch deutlicher wird euch das werden, wenn ich jetzt, wie versprochen, in Kürze beweise, daß jener höchste Lohn der Frömmigkeit nichts anderes ist als etwas wie Wahnsinn. Bedenkt zunächst, daß ähnlich schon Plato phantasiert hat, als er schrieb, der Taumel der Liebe beselige am tiefsten. Denn wen eine Leidenschaft packte, der lebt nicht mehr in sich, er lebt in dem, was er liebt, und je mehr er sich selbst an das andere verliert, in das andere hineinwächst, desto höher und höher schwillt seine Wonne. Wenn aber die Seele sich anschickt, den Leib zu verlassen, und ihre Werkzeuge nicht mehr recht handhabt, so darf man das gewiß Raserei nennen; oder was meint man denn sonst mit den allgemein üblichen Ausdrücken »er ist außer sich«, oder »wenn er nur wieder zu sich kommt!« oder »jetzt ist er wieder bei sich«? Je mächtiger nun die Liebe, desto toller die Raserei und seliger. Wie wird sich also jenes Leben im Himmel gestalten, nach dem die frommen Seelen sich so inbrünstig sehnen? Der Geist, nun Sieger und Herr, wird eben den Leib aufsaugen – das kann er darum leicht, weil er jetzt wieder König in seinem Reiche ist, und weil er ihn längst bei währendem Leben zu solcher Wandlung verdünnt und geläutert hat; und diesen Menschengeist wieder wird jener höchste, unendlich mächtigere Geist dann wunderbarlich in sich nehmen, und nun ist der Mensch seiner selbst entäußert. Und nicht anders wird er selig werden, als indem er, seiner selbst entäußert, ein Unbeschreibliches an sich geschehen fühlt, eine Liebestat jener höchsten Güte, die alles an sich, in sich zieht. Und ob auch diese Wonne den Menschen erst dann in reiner Vollkommenheit beglückt, wenn seine Seele, neu vereint mit dem alten Leib, das Geschenk der Unsterblichkeit empfängt, so ist ja schon hienieden das Leben des Frommen ein Leben im Vorgefühl, im Abglanz jenes andern, und darum darf er auch die Süße des himmlischen Lohnes schon hienieden zu guter Stunde für einen Augenblick schmecken und atmen. Und mag auch dieser Augenblick nur wie ein winziger Tropfen sein, verglichen mit dem Quell der ewigen Seligkeit, so schmeckt er doch tausendmal herrlicher als alle Freuden des Leibes zusammen, selbst wenn vereinigt wäre, was je Menschen auf Erden an Wonne genossen: so unendlich viel reicher ist das Geistige als das Leibliche, das Unsichtbare als das Sichtbare. Das ist es, denke ich, was der Prophet verheißt, wenn er sagt:»Kein Auge hat es gesehen, kein Ohr hat es gehört, und über keines Menschen Herz ist gekommen, was Gott denen bereitet hat, die ihn lieben.« Und das ist es auch, was unvergänglich ist an der Torheit, was nicht stirbt bei der Verwandlung des Lebens, sondern zur Vollendung reift. Wer das einmal fühlen durfte – beschieden ist es nur wenigen –, den überkommt es wie Wahnsinn: er spricht Laute ohne rechten Zusammenhang, gar nicht wie ein Mensch,»sinnlos tönts aus dem Mund«; alle Augenblicke ist er wie umgewandelt: bald begeistert, bald entmutigt, bald weint er, bald lacht er, bald stöhnt er, kurzum, er ist rein außer sich. Sobald er nachher wieder bei sich ist, beteuert er, selbst nicht zu wissen, wo er gewesen, ob mit dem Leib, ob ohne den Leib, ob wachend, ob schlafend; was er gehört, was er gesehen, was er gesagt, was er getan, ist ihm gar nicht mehr gegenwärtig oder nur wie hinter einer Nebelwand, wie ein Traum. Bloß eines weiß er noch: glücklich, selig ist er gewesen, als er von Sinnen war, und darum beklagt er unter Tränen das Wiedererwachen zur Vernunft und wünscht sich nichts besseres, als allezeit in solchem Wahne zu leben, und das heißt doch nur ein klein wenig genippt am vollen Becher künftiger Seligkeit. Doch halt – ich vergesse mich und jage in fremdem Revier! Was schadets?

Bin ich euch etwa zu keck oder zu geschwätzig gewesen, so sagt euch eben, ich sei ein Weib; nur denkt mir auch an den griechischen Vers: »Oft schon warf auch ein törichter Mann ein treffendes Wort hin« – oder meint ihr, er gelte für Frauenzimmer nicht? Und jetzt – ich sehs euch an – erwartet ihr den Epilog. Allein, da seid ihr wirklich zu dumm, wenn ihr meint, ich wisse selber noch, was ich geschwatzt habe, schüttete ich doch einen ganzen Sack Wörtermischmasch vor euch aus. Ein altes Wort heißt: »Ein Zechfreund soll vergessen können«, ein neues: »Ein Hörer soll vergessen können.« Drum Gott befohlen, brav geklatscht, gelebt und getrunken, ihr hochansehnlichen Jünger der Torheit!

Titelliste Taschenbuch-Literatur-Klassiker

Bd. 1 *Abenteuer und Fahrten des Huckleberry Finn*, Mark Twain, Bd. 2 *Andersens Märchen*, Hans Christian Andersen, Bd. 3 *Anton Reiser*, Karl Philipp Moritz, Bd. 4 *Aus dem Leben eines Taugenichts*, Joseph Freiherr v. Eichendorff, Bd. 5 *Bahnwärter Thiel*, Gerhard Hauptmann, Bd. 6 *Bambi Eine Lebensgeschichte aus dem Walde*, Felix Salten, Bd. 7 *Bauern, Bonzen und Bomben*, Hans Fallada, Bd. 8 *Bel Ami*, Guy de Maupassant, Bd. 9 *Bergkristall*, Adalbert Stifter, Bd. 10 *Candide oder der Optimismus*, Voltaire, Bd. 11 *Caspar Hauser oder Die Trägheit des Herzens*, Jakob Wassermann, Bd. 12 *Dantons Tod*, Georg Büchner, Bd. 13 *Das Bildnis des Dorian Grey*, Oscar Wilde, Bd. 14 *Das Dschungelbuch*, Rudyard Kipling, Bd. 15 *Das Fräulein von Scuderi*, ETA Hoffmann, Bd. 16 *Das Gemeindekind*, Marie v. Ebner-Eschenbach, Bd. 17 *Das Heptameron*, *Margarete v. Navarra*, Bd. 18 *Märchenbriefbuch der heiligen Nächte*, Max Dauphtendey, Bd. 19 *Das Marmorbild*, Joseph v. Eichendorff, Bd. 20 *Das Schloss*, Franz Kafka, Bd. 21 *Das Urteil*, Franz Kafka, Bd. 22 *David Copperfield*, Charles Dickens, Bd. 23 *Der abenteuerliche Simplizissimus*, Grimmelshausen, Bd. 24 *Der arme Spielmann*, Franz Grillparzer, Bd. 25 *Der eingebildete Kranke*, Moliere, Bd. 26 *Der ewige Spießer*, Ödön v. Horváth, Bd. 27 *Der Fürst*, Nocolò Machiavelli, Bd. 28 *Der Glöckner von Notre Dame*, Victor Hugo, Bd. 29 *Der goldene Esel*, Apuleius, Bd. 30 *Der goldene Topf*, ETA Hoffmann, Bd. 31 *Der Graf von Monte Christo*, Alexandre Dumas, Bd. 32 *Der grüne Heinrich*, Gottfried Keller, Bd. 33 *Der kleine Häwelmann und andere Märchen*, Theodor Storm, Bd. 34 *Der kleine Lord*, Frances Hodgson Burnett, Bd. 35 *Der letzte Mohikaner*, James Fenimore Cooper, Bd. 36 *Der Prozess*, Franz Kafka, Bd. 37 *Der Sandmann*, ETA Hoffmann, Bd. 38 *Der Schimmelreiter*, Theodor Storm, Bd. 39 *Der Schuss von der Kanzel*, Conrad Ferdinand Meyer, Bd. 40 *Der Seewolf*, Jack London, Bd. 41 *Der seltsame Fall des Dr. Jekyll und Mr. Hyde*, Robert Louis Stevenson, Bd. 42 *Der Stechlin*, Theodor Fontane, Bd. 43 *Der Sturmheidhof (Sturmhöhe)*, Emily Brontë, Bd. 44 *Der Tor und der Tod*, Hugo v. Hofmannsthal, Bd. 45 *Der Weg ins Freie*, Arthur Schnitzler, Bd. 46 *Der zerbrochene Krug*, Heinrich v. Kleist, Bd. 47 *Deutsches Märchenbuch*, Ludwig Bechstein, Bd. 48 *Deutschland. Ein Wintermärchen*, Heinrich Heine, Bd. 49 *Die Abenteuer der sieben Schwaben*, Ludwig Aurbacher, Bd. 50 *Die Burg von Otranto*, Horace Walpole, Bd. 51 *Die drei Musketiere*, Alexandre Dumas, Bd. 52 *Die Elixiere des Teufels*, ETA Hoffmann, Bd. 53 *Die Geschichte meines Lebens*, Georg Ebers, Bd. 54 *Die Insel Felsenburg*, Johann Gottfried Schnabel, Bd. 55 *Die Judenbuche*, Annette v. Droste-Hülshoff, Bd 56. *Die Kameliendame*, Alexandre Dumas, Bd. 57 *Die Kartause von Parma*, Stendhal, Bd. 58 *Die Kreutzersonate*, Lew Tolstoi, Bd. 59 *Die Leiden des jungen Werther*, Johann Wolfgang v. Goethe, Bd. 60 *Die Leute von Seldvyla I*, Gottfried Keller, Bd. 61 *Die Leute von Seldvyla II*, Gottfried Keller, Bd. 62 *Die Marquise*, George Sand, Bd. 63 *Die Marquise von O.*, Heinrich v. Kleist, Bd. 64 *Die Memoiren der Fanny Hill*, John Cleland, Bd. 65 *Die Ratten*, Gerhard Hauptmann, Bd. 66 *Die Räuber*, Friedrich v. Schiller, Bd. 67 *Die Regentrude*, Theodor Storm, Bd. 68 *Die Reisen des Baron zu Münchhausen*, Bd. 69 *Die Schatzinsel*, Robert Louis Stevenson, Bd. 70 *Die Verlobten*, Allessandro Manzoni, Bd. 71 *Die Verwandlung*, Franz Kafka, Bd. 72 *Die Verwirrungen des Zöglings Törleß*, Robert Musil, Bd. 73 *Die Waffen nieder*, Berta von Suttner, Bd. 74 *Die Wahlverwandtschaften*, Johann Wolfgang v. Goethe, Bd. 75 *Don Carlos*, Friedrich v. Schiller, Bd. 76 *Eduards Traum*, Wilhelm Busch, Bd. 77 *Effi Briest*, Theodor Fontane, Bd. 78 *Egmont*, Johann Wolfgang v. Goethe, Bd. 79 *Ein Held unserer Zeit*, Michail Lermontoff, Bd. 80 *Einsichten und Ausblicke*, Gerhard Hauptmann, Bd. 81 *Emilia Galotti*, Gottold Ephraim Lessing, Bd. 82 *Erinnerungen aus galanter Zeit*, Giacomo Casanova, Bd. 83 *Erzählungen*, Wilhelm Busch, Bd. 84 *Es waren zwei Königskinder*, Theodor Storm, Bd. 85 *Essays*, Michel de Montaigne, Bd. 86 *Franz Sternbalds Wanderungen*, Ludwig Tieck, Bd. 87 *Fräulein Else*, Arthur Schnitzler, Bd. 88 *Frühlings Erwachen*, Frank Wedekind, Bd. 89 *Gedanken*, Blaise Pascal,

Bd. 90 *Gefährliche Liebschaften*, Pierre-Ambroise-François Choderlos de Laclos, Bd. 91 *Gegen den Strich*, Joris-Karl Huysmany, Bd. 92 *Geschichte des Fräuleins von Sternheim*, Sophie v. La Roche, Bd. 93 *Geschichte vom braven Kasperl und dem Annerl*, Clemens Brentano, Bd. 94 *Geschichten aus dem Wienerwald*, Ödön v. Horváth, Bd. 95 *Glanz und Elend der Kurtisanen*, Honore de Balzac, Bd. 96 *Glück und Unglück der berühmten Moll Flanders*, Daniel Defoe, Bd. 97 *Götz von Berlichingen*, Johann Wolfgang v. Goethe, Bd. 98 *Gullivers Reisen*, Jonathan Swift, Bd. 99 *Heidis Lehr und Wanderjahre*, Johann Spyri, Bd. 100 *Heinrich von Ofterdingen*, Novalis, Bd. 101 *Hiob Roman eines einfachen Mannes*, Joseph Roth, Bd. *102 Immensee*, Theodor Storm, Bd. 103 *Iphigenie auf Tauris*, Johann Wolfgang v. Goethe, Bd. 104 *Italienische Märchen*, Clemens Brentano, Bd. 105 *Ivannhoe*, Walter Scott, Bd. 106 Jahrmarkt der Eitelkeiten, William Makepaece Thackeray, Bd. 107 *Jane Eyre*, Charlotte Brontë, Bd. 108 *Jugend ohne Gott*, Ödön v. Horvath, Bd. 109 *Jürg Jenatsch*, Conrad Ferdinand Meyer, Bd. 110 *Kabale und Liebe*, Friedrich v. Schiller, Bd. 111 *Kasimir und Karoline*, Ödön v. Horvath, Bd. 112 *Kinder- und Hausmärchen*, Gebrüder Grimm, Bd. 113 *Kleiner Mann, was nun*, Hans Fallada, Bd. 114 *König Alkohol*, Jack London, Bd. 115 *Krambambuli*, Marie Ebner-Eschenbach, Bd. 116 *Lausbubengeschichten*, Ludwig Thoma, Bd. 117 *Lavinia - Pauline - Kora*, George Sand, Bd. 118 *Leben und Lüge*, Detlev von Liliencron, Bd. 119 *Lebensansichten des Katers Murr*, ETA Hoffmann, Bd. 120 *Lenz. Der hessische Landbote*, Georg Büchner, Bd. 121 *Lieutenant Gustl*, Arthur Schnitzler, Bd. 122 *Lord Jim*, Joseph Conrad, Bd. 123 *Luise*, Johann Heinrich Voß, Bd. 124 *Madame Bovary*, Gustave Flaubert, Bd. 125 *Märchen*, Wilhelm Hauff, Bd. 126 *Maria Stuart*, Friedrich v. Schiller, Bd. 127 *Max Havelaar*, Multatuli, Bd. 128 *Meister Floh*, ETA Hoffmann, Bd. 129 *Michael Kohlhaas*, Heinrich v. Kleist, Bd. 130 *Minna von Barnhelm*, Gotthold Ephraim Lessing, Bd. 131 *Moby Dick*, Hermann Melville, Bd. 132 *Nathan, der Weise*, Gotthold Ephraim Lessing, Bd. 133-1 und 133-2 *Nils Holgersson wunderbare Reise*, Selma Lagerlöf, Bd. 134 *Niels Lyne*, Jens Peter Jacobsen, Bd. 135 *Nußknacker und Mausekönig*, ETA Hoffmann, Bd. 136 *Oliver Twist*, Charles Dickens, Bd. 137 *Onkel Toms Hütte*, Herriett Beecher Stowe, Bd. 138 *Peter Schlemihls wundersame Geschichte*, Adalbert v. Chamisso, Bd. 139 *Peterchens Mondfahrt*, Gerdt v. Bassewitz, Bd. 140 *Pinocchio*, Carlo Collodi, Bd. 141 *Reinecke Fuchs*, Johann Wolfgang v. Goethe, Bd. 142 *Rheinmärchen*, Clemens Brentano, Bd. 143 *Rinaldo Rinaldini,* Christian August Vulpius, Bd. 144 *Robinson Crusoe*; Daniel Defoe, Bd. 145 *Romeo und Julia*, William Shakespeare Bd. 146 *Schach von Wuthenow*, Theodor Fontane, Bd. 147 *Schachnovelle*, Stefan Zweig, Bd. 148 *Schatzkästlein des rheinischen Hausfreundes*, Johann Peter Hebel, Bd. 149 *Schelmuffskys Reisebeschreibung*, Christian Reuter, Bd. 150 *Schloss Gripsholm*, Kurt Tucholsky, Bd. 151 *Siebenkäs*, Jean Paul, Bd. 152 *Sternstunden der Menschheit*, Stefan Zweig, Bd. 153 *Tao te king*, Laotse, Bd. 154 *Till Eulenspiegel*, Hermann Bote, Bd. 155 *Tolldreiste Geschichten*, Honorè de Balzac, Bd. 156 *Tom Jones, Geschichte eines Findelkindes,* Henry Fielding, Bd. 157 *Tom Sawyers Abenteuer und Streiche*, Mark Twain, Bd. 158 *Troquato Tasso*, Johann Wolfgang v. Goethe, Bd. 159 *Traumnovelle*, Arthur Schnitzler, Bd. 160 *Trost der Philosophie*, Boethius, Bd. 161 *Über den Umgang mit Menschen*, Adolph Freiherr v. Knigge, Bd. 162 *Uli der Knecht*, Jeremias Gotthelf, Bd. 163 *Uli der Pächter*, Jeremias Gotthelf, Bd. 164 *Ungeduld des Herzens*, Stefan Zweig, Bd. 165 *Ut oler Welt*, Wilhelm Busch, Bd. 166 *Vater Goriot*, Honorè de Balzac, Bd. *167 Väter und Söhne*, Ivan Sergejeviç Turgenev, Bd. 168 *Verlorene Illusionen*, Honorè de Balzac, Bd. 169 *Von der Freiheit eines Christenmenschen*, Martin Luther – Bd. 170 *Von der Ursache, dem Prinzip und dem Einen*, Bruno Giordano, Bd. 171 *Vor Sonnenuntergang*, Gerhard Hauptmann, Bd. 172 *Walden oder Leben in den Wäldern*, Henry D. Thoreau, Bd. 173 *Wilhelm Meisters Lehrjahre*, Johann Wolfgang v. Goethe, Bd. 174 *Wilhelm Meisters Wanderjahre*, Johann Wolfgang v. Goethe, Bd. 175 *Wilhelm Tell*, Friedrich v. Schiller

Von demselben Autor/Herausgeber sind bei BOD bereits erschienen:
Alle Tage Feiertage
ISBN 978-3-7386-0409-2, 280 S.
Allerlei Anlässe zum Aktionieren, Feiern und Gedenken

100 Kinderlieder
ISBN 978-3-7322-3024-2, 112 S.
100 Kinderlieder, altbekannt und immer wieder gern gesungen

Liederbuch (Deutsche Volkslieder)
ISBN 978-3-8423-6702-9, 312 S.
300 Volkslieder aus 8 Jahrhunderten und aller Herren Länder

Sagen und Erzählungen aus Marburg und Oberhessen
ISBN 978-3-7347-8909-0 , 164 S.
Allerlei Schwänke und Geschichten aus dem Marburger Land

Tausenderlei über die Freiheit
ISBN 978-3-7322-9721-4, 140 S.
Mehr als 1000 Zitate, Bonmots und Aphorismen über die Freiheit

Tausenderlei über das Glück
ISBN 978-3-7322-5525-2, 160 S.
Mehr als 1000 Zitate, Bonmots und Aphorismen über das Glück

Tausenderlei über die Liebe
ISBN 978-3-8423-7474-4, 140 S.
Mehr als 1000 Zitate, Bonmots und Aphorismen zum Thema Nr. Eins

Weihnachtsgedichte– Verse, Reime und Gedichte zum Fest
ISBN 978-3-7347-6393-9, 352 S.
290 Werke bekannter und unbekannter Dichter zum Weihnachtsfest

Weihnachtsgeschichten - Erzählungen und Märchen
ISBN 978-3-7347-6404-2, 392 S.
85 kurze und lange Texte zur Weihnachtszeit

Weihnachtsgeschichten 2
ISBN 978-3-7481-7533-9, 360 S.
35 kürzere und längere Geschichten zur Weihnacht

100 Weihnachtslieder
ISBN 978-3-7322-3375-5, 112 S.
100 Weihnachtslieder aus der Heimat und der ganzen Welt

Lob und Tadel an tessitore@web.de